U0036306

魔豆

魔豆

Priest of Light
光之祭司
3
vol.
香草——著

光之祭司

Priest of Light

目錄

01 海邊城鎮 …… 07

02 世上最恐怖的生物 …… 27

03 海妖襲來 …… 47

04 流落荒島 …… 69

05 爭吵 89
06 搜救 109
07 生死一線 127
08 獲救 147
09 鄰居 167
10 最不想看到的人 187
✧ 作者後記／香草 209

丹尼爾
半精靈，弓箭手。
擁有空靈的外貌，卻個性彆扭，行事粗魯。
布倫特
龍族（火龍）。
冒險團隊隊長，高大健壯，沉穩又可靠。
Priest of Light
光之祭司
CHARACTERS

艾德
人族祭司。
體弱多病，但身懷強大
的光明之力。
埃蒙
獸族（猞猁）。
活潑開朗，某方面卻很
自卑。極有殺手天賦。
貝琳
獸族（獰貓）。
外表溫柔，性格卻頗為
強勢。擅長各種武器。

01.
海邊城鎮

蔚藍色的晴朗天空與碧藍大海互相輝映，眾多純白海鳥在天空飛翔，偶爾低飛，觸目所及是一片遼闊又讓人心曠神怡的美景。

微風中帶著陣陣腥鹹的氣味，這是海水特有的味道。從未見過海洋的艾德，就像一個初次上學、對新環境非常好奇的孩子似地東張西望，只覺得這雙眼睛都快要不夠看了。

與艾德一樣，同樣沒有見過海洋的戴利也是一副土包子的模樣，這一大一小因爲一朵小小的海浪而驚呼出聲的樣子，看得眾人覺得好笑。

無論在森林還是城市，白色的鳥兒都是很稀少的，雪糰還是第一次看到數量這麼多的白色雀鳥，牠不理會艾德的阻止，高興地拍著翅膀飛了過去。

然而別看這些海鳥修長漂亮，純白的顏色還顯得牠們看起來溫純無害，這些漂亮的鳥兒可是吃肉的，性格凶悍得很，而且還非常排外與護食。

雙方雖然毛色相同，但海鳥們顯然都沒有把雪糰視爲同伴。因此當雪糰向牠們飛過去時，海鳥們紛紛發出刺耳的叫聲驅逐牠。

被海鳥暴力驅趕回來的雪糰非常狼狽，連羽毛都被啄掉不少。牠既驚嚇又傷心，可憐兮兮地蜷縮在艾德的肩膀上，貼著他的脖子小聲地啾啾叫著。

艾德看著雪糰委屈的模樣，就連那雪白的羽毛也彷彿黯淡下來似的，心裡又是心疼又是好笑。他摸了摸雪糰，道：「我不是讓你別過去了嗎，野鳥的戒心是很強的，現在被欺負了吧。」

雪糰的模樣很可憐，可艾德卻還是不輕不重地責備了牠。

雖然雪糰才是被欺負的一方，但艾德明白野生雀鳥的難處。牠們不像寵物鳥般有主人照顧，只能憑自己的力量在大自然中掙扎求存。與雪糰不同，食物對牠們來說就等同於生命，受了傷也許便再也沒有醒來的一天，因此牠們的壞脾氣與護食都只是生存的手段。

因此艾德不會怪那些驅逐雪糰的海鳥，錯的是輕率湊上前去的雪糰。明明在遇上艾德以前，雪糰也是一隻野鳥，這隻被聖光改造過、聰敏異常的小鳥，理應明白這些道理。

見艾德溫柔卻堅定地教導著雪糰，一點都沒有因爲雪糰可憐的模樣而輕輕放過，埃蒙小聲說道：「總覺得如果艾德有了孩子，一定是那種溫柔又嚴厲的父親。」

貝琳開玩笑地說道：「以艾德平常寵愛雪糰的樣子，我還以爲他會狠狠教訓那些海鳥，好爲雪糰出氣呢！」

布倫特聞言皺起了眉，道：「怎能這樣呢，這又不是那些野鳥的錯！」

獸族姊弟見狀，都聚在一起竊竊私語：「要說嚴厲的父親的話，首選一定是布倫特……」

「對啊！布倫特絕對是我們之中的道德標竿啊！」

二人的對話雖然說得很小聲，可是都被布倫特聽在耳中。這頭溫和的火龍被同伴品頭論足了一番也沒有生氣，只是一臉無奈地看著這兩個年輕人你一言我一語地剖析著他的性格。

一旁的戴利看到大家都沒有注意到自己，金綠色的雙眸機靈靈地轉了一圈，邁開雙腿便要開溜。

正午的太陽很毒辣，清涼的海水對感到有些熱、同時又對大海很好奇的戴利來說充滿了吸引力。戴利覺得大海彷彿在對著他招手，很想立即泡進水裡感受舒爽的涼意。

從到達這座沿海城鎮起，戴利便對大海充滿了興趣，只是因爲他不懂游泳，因此冒險者們都不允許戴利過於接近海邊，擔心會發生危險。

然而如果戴利就這麼乖乖地聽話了，那他就不是那個把冒險者們鬧得頭痛萬分的熊孩子了。

結果戴利才剛跑出兩步，雙腿便突然凌空，不知道誰拉著他的衣領把他整個人提了起來。

「放開我！」戴利生氣地踢動雙腿，然而一點用也沒有，弱小的掙扎完全不被對方放在眼內。

別看戴利現在是個八歲男孩的模樣，看起來已不是能抓著衣領就能輕鬆拎起的年紀。妖精的身體特別輕巧，對方提著戴利，比提著一隻小狗更加容易。

「你想去哪裡？不是叫你別到處亂跑嗎？」

聽到身後傳來丹尼爾的嗓音，一直掙扎著的戴利總算老實了下來，乖乖靜止不動了。

察覺到戴利不管教不行的熊孩子屬性，丹尼爾迅速調整了對待孩子的態度，硬起心腸打了他幾次屁股後，戴利便學乖了。

戴利雖然頑皮，卻也不是對著誰都是這麼熊的。他年紀雖小，但已經懂得欺善怕惡的道理。他很清楚誰能夠欺負，誰的話不聽便會倒楣。

在團隊之中，現在就要數丹尼爾這個總是陰沉著一張臉、戴著斗篷的精靈最不好說話。

戴利有理由相信，要是他與丹尼爾對著幹，這傢伙是真的會揍他的！

看到戴利終於消停下來，丹尼爾冷哼了聲，故意凌空用力晃了他幾下，這才把孩子放下來。

被丹尼爾晃得有些頭昏眼花的戴利，在腳踏實地後仍是有些暈乎乎的，結果一不小心便撞到了一名路過的獸族。

雖然是戴利撞過去，然而獸族男子被撞後仍能穩穩站在原地紋風不動，反而是撞人的戴利痛呼了聲往後跌。要不是那人及時伸手扶住了他，只怕戴利現在已經摔倒在地上了。

獸族男子長得非常健壯，頭上毛茸茸的棕色圓耳顯示出他獸族人的身分，一身小麥膚色讓他更顯粗獷。

戴利撞到對方身上時，只覺得自己簡直就像撞到一面堅硬的牆壁！

「誰家的孩子？怎麼在路上橫衝直撞？」男人有著豪放的大嗓子，雖然沒有特意用力，但他拉住戴利的手就像鐵箍一樣，戴利掙了兩下也掙脫不開。

這個男子滿臉鬍碴，粗壯的外貌讓人有些難以分辨出實際年紀，可是聽嗓音卻似乎還很年輕。

眼前這個陌生男子看起來像是不好惹的模樣，戴利立即一副乖巧樣，老老實實地道歉：「對不起，我剛剛沒有看到你……」

見戴利闖禍了，一旁的丹尼爾「呿」了聲。雖然感到很麻煩，但總不能真的不理會對方。丹尼爾只得不情不願地上前：「這孩子總是一驚一乍的，抱歉撞到你了。」獸族男子之所以抓住戴利不放，也不是要與一個小孩子計較什麼，只是看戴利在人群中亂竄，擔心他會出意外這才抓住人。

既然孩子的家長出現了，那男子便放開了戴利，並且善意地告誡：「你們是旅客吧？別讓孩子亂跑，掉進海裡便危險了。」

住在這座沿海城市的人，全都擁有一身被太陽曬出來的小麥色皮膚，光是看膚色，男子便能輕易分辨對方是當地人還是外來者。

這個城鎮的居民可以說在會走路前已懂得游泳，可與他們不同的是，很多外來旅客都是不會游泳的旱鴨子，時不時便會出現旅客遇溺的意外。因此看到外來的孩子在街上亂跑，當地人都會多注意幾分。

丹尼爾點了點頭，正要把戴利這個麻煩鬼領走，卻見男子「噫」了聲，朝艾德等人的方向喊了句：「小姐與小少爺？」

正在閒聊的獸族姊弟聽到熟悉的呼喊時愣了愣，往男子方向看去：「阿諾德？」

被埃蒙稱爲阿諾德的獸族男子咧嘴一笑，說道：「想不到會在這裡遇到小姐與小少爺。」

「話說你們是在監視著那個近期出現的人類吧？你們身邊哪個是人類？我還沒見過人類呢！」說罷，阿諾德好奇的視線越過貝琳與埃蒙，最終停留在艾德身上。

見阿諾德一副在看珍稀動物的模樣，獸族姊弟都感到有些尷尬。埃蒙道：「我們不是在監視艾德……他已經通過了靈魂誓約的考驗，現在是我們的同伴了。」

看出埃蒙對艾德的維護，雖然阿諾德對此不以爲然，但也不想得罪埃蒙這個獸王之子，便收回了不禮貌的打量目光，有些討好地詢問埃蒙：「小少爺，你們要來這裡怎麼不告訴我一聲，讓我盡盡地主之誼？」

埃蒙被阿諾德過於熱情的態度弄得很不自在，回答道：「我們只是想渡海而已，不會在這裡久留。」

依照光明神殿中光柱所指示的方向，再結合光明神殿遺跡所在的位置，眾人已

經確定了他們接下來得要前往的目的地。

只是在此之前，他們要先安置戴利到新的城鎮生活。眾人早已找到了合適的城鎮，那裡民風純樸，氣候宜人，非常適合戴利展開新生活，而且城鎮的位置也正好位於他們旅程的路線上。

他們所在的位置與目的地之間隔著一道海峽，要前往目的城鎮，有水陸兩條路線可以選擇。

走陸路要比水路多出數倍時間，而且路也不算好走。因此眾人商議過後，決定走水路渡過海峽。

然而來到此刻身處的海邊城鎮後，眾人這才發現要渡過海峽，原來並不是容易的事。

也是他們運氣不好，來往兩岸的商船剛剛已經開走了，下一次再來將會是一個月以後，其他商船的航線則並不經過他們的目的地。

他們也不是沒有想過乾脆租借一艘船渡海，只是能夠出租給他們的都是無法長途航行的小漁船，並不適合渡海。

大海上危機四伏，不說變幻莫測的天氣，光是那些神出鬼沒的深海種族便足以讓人頭痛。因此要找到適合的船隻，比一行人所預期的更加困難。

人類滅亡以後，便直接被從五大種族中除名，從此大陸上只餘下四大種族。然而除了精靈、妖精、獸族與龍族外，世界上仍散落著一些小族群。人們甚至一直深信，在遼闊而神祕的大海上，還有不少隱藏著的種族有待發掘。

比如令所有想要渡海的陸地種族聞風喪膽的海妖，便是經常神龍見首不見尾的深海種族。它們雖然有著類人的外表，可是智商低下，以本能來行動，是一種肉食性的凶悍種族，而陸地上的種族正好在海妖的菜單上。

艾德他們將要渡過的海峽，正是海妖不時出沒的危險區域。

除了大海裡有著各種危險外，冒險小隊中大部分隊員都是不懂水性的旱鴨子。眾人之中只有獸體是猞猁的埃蒙，以及丹尼爾懂游泳而已。

而且這唯二會游泳的人，都只曾在森林裡的湖泊游泳，面對波濤洶湧的大海，

他們也不敢誇下海口說自己能夠應付。

因此爲了安全起見，他們不僅要找一艘靠譜的船，還需要一個有經驗的船長。結果便是，好的船路線不適合，不好的他們又不想要。

聽到埃蒙說出他們的困境後，阿諾德笑道：「我還以爲是什麼事情呢，這好解決。小少爺你們明天跟我出海就好！」

「欸？」埃蒙愣住了，別看阿諾德表現得很熱情、好像二人有多熟似的，可其實埃蒙與對方根本不熟。

甚至之前遇到阿諾德時，埃蒙一時之間還想不出這個人到底是誰……

阿諾德是熊族長老的兒子，上面還有一個哥哥。然而相較於他那個早早被定爲繼承人的菁英哥哥，阿諾德卻是個一事無成的紈褲子弟。

據埃蒙所知，阿諾德前幾年被熊族長老送走，好像是熊族長老爲他找到了一份不錯的工作，好讓他別再留在族中無所事事。

然而阿諾德被他的父親丟到哪裡、做的又是什麼工作，埃蒙便不知道了。

因此埃蒙還眞的不知道，爲什麼阿諾德能夠帶他們出海啊！

難道阿諾德擁有一艘船？他是商人？又或者是漁民？

雖然心裡很好奇，只是阿諾德表現得這麼熱絡，就好像與埃蒙是很親近的好友，要是埃蒙直接表現出對對方的事情一無所知，總覺得有些尷尬。

幸好此時布倫特已被阿諾德的話吸引，上前詢問：「你好，我是埃蒙的同伴布倫特。你說我們明天可以跟你出海……你能夠幫忙找到適合的船隻嗎？」

阿諾德笑道：「我是海軍呀。明天會外出巡邏附近的海域，到時候你們跟著就好。反正我們會到對岸補充物資，你們可以在那時下船。」

聽到阿諾德是名海軍，戴利眼睛都亮了：「你是軍人嗎？」

戴利這種熱烈的眼神，對於阿諾德來說並不陌生。很多孩子、特別是男孩子，都對軍人有種特別的崇拜，像這種情況阿諾德不是第一次遇上了。

他駕輕就熟地拍了拍戴利的頭，笑道：「對啊！孩子，你將來想當軍人嗎？」

戴利的眼睛幾乎亮得要冒星星了：「嗯嗯！當軍人很威風呀！」

阿諾德爽朗地大笑道：「哈哈！那我們便期待你長大後入伍了！」

阿諾德與戴利對話之際，冒險者們也簡單交流了一下意見。能夠跟著海軍同行當然好，至少安全絕對有保障，這裡再也沒有其他船比海軍的海巡船更安全了。只是……

「這樣可以嗎？」布倫特有些擔心：「不會打擾到你們工作嗎？」

畢竟人家在工作，他們去蹭船不太好吧？

阿諾德吊兒郎當地道：「不會呀，我是這次巡邏的負責人，他們都要聽我的，沒什麼不方便，我想帶誰上船就帶誰！」

雖然聽阿諾德說話總覺得很不靠譜，可既然對方都說沒問題了，而且他們又沒有別的辦法，便領情謝了阿諾德的好意。

原本已對阿諾德很崇拜的戴利，得知對方竟然還是個軍官，瞬間成爲迷弟：「哇！阿諾德你太厲害了！」

戴利仰慕的表情令阿諾德很受用，他笑著應允明天會帶戴利好好在船上參觀，向眾人約了一個時間後便離開。

有些事情不好當著當事人的面說，在阿諾德離開後，眾人便詢問獸族姊弟對方是否可靠。

已經成爲阿諾德小迷弟的戴利，聽到眾人懷疑他的男神時很不高興，氣鼓鼓地不說話。

然而無論是貝琳還是埃蒙，其實都對阿諾德不太了解。

貝琳因爲身爲女性，在重男輕女的獸族中沒有話語權，再加上她有未婚夫，別人不會與她談論其他男人，其他的獸族男性也不會與她親近。

至於埃蒙，則是因爲他作爲獸王之子，可獸體卻是猞猁這種小巧可愛的貓科動物所以被其他雄性獸族看不起，不會主動與他結交。而且，別看埃蒙在冒險小隊中是個滿喜歡說話的小話嘮，他在獸族生活的時候因爲受到其他同齡孩子的排擠，加上身爲獸王之子卻實力不足而感到苦惱，性格有些怯懦與孤僻。貝琳也是因此而看不過眼，才在逃婚時順道把弟弟帶走。

由於上述原因，獸族姊弟對阿諾德的了解都不深，不過他們皆認爲對方不是壞人。雖然有些不著調，但也不會坑他們。雖說蹭船好像有些不好，但既然阿諾德邀請他們，那麼就應該沒有問題。

其實有一些事，埃蒙顧及戴利那顆小粉絲的心，沒有當著他的面道出，而是私下向布倫特說了。

埃蒙曾經聽說，熊族長老把阿諾德送走後，花了不少錢爲阿諾德打點。也就是說，現在阿諾德的軍官之位很有可能是花錢買來的。

因此阿諾德當然不介意讓他們上船，畢竟連官職都是買來的，只怕那艘巡邏船已經是阿諾德的天下了吧？

第二天一早，眾人便在約定時間來到了碼頭，穿著軍服的阿諾德已經在等待著他們。

熊族本就長得高壯，此時阿諾德穿上軍服，更顯得他英勇威武，即使是知道他底細的貝琳與埃蒙，也覺得此刻的阿諾德還眞有那麼點作爲軍人的感覺了。

「嗨，早安呀！」阿諾德向眾人打了聲招呼，相較於他悠然自得的模樣，其他準備出行的軍人就顯得很忙碌了。

戴利看到那些軍人忙著把物資搬到一艘船上，興奮地詢問：「這便是我們要坐的船嗎？」

海軍的海巡船是一艘漂亮的大型帆船，原木色的船身，白色的帆布上印有海軍的標記。這艘船比冒險小隊之前看過的漁船與商船還要漂亮！

戴利看著眼前的龐然巨物，嘴巴不自覺張得大大的。一想到自己接下來會乘坐這艘漂亮大船，戴利便興奮不已。

阿諾德被孩子愣愣仰首看著海巡船的模樣逗笑了，笑道：「對啊！喜歡嗎？」

戴利用力點了點頭。他眞的愛死這艘漂亮的船了！只覺得有份坐上這船的自己，也連帶威風起來！

阿諾德招呼著眾人上船：「還有些事情要準備，晚些才能開船，我們先到船上休息吧。」

戴利好奇地詢問：「你不用去幫忙嗎？」

阿諾德聳了聳肩，道：「身爲上司，我只要在有必要的時候做出決策就好。」

結果到了正式啓航，阿諾德仍坐著與眾人閒聊，一點兒也沒有要去工作的意思。

小迷弟戴利見開船的人竟然不是阿諾德，緊張地詢問：「阿諾德，你不是船長嗎？怎麼是那個人在開船？」

在戴利的心目中，船上最大的人就是船長，所以開船的人也應該是他崇拜的阿諾德才對啊！

阿諾德假咳了聲，解釋：「可是我去開船的話，萬一有敵人來襲，我便來不及把敵人擊退呀。」

說罷，阿諾德還舉起手臂，展露他雄壯的二頭肌。

戴利眨了眨眼睛，覺得阿諾德說的話好像有些道理。

阿諾德忽悠道：「你想想，隊伍最強的人是不是應該保持最佳狀態，才能隨時應付任何突發事件？」

「所以，阿諾德你是這船上最強的人嗎？」戴利景仰地詢問。

阿諾德拍著胸口道：「當然啊！」

見已糊弄住戴利，阿諾德又向對方提及不少他曾經的英勇事蹟，高潮迭起的故事聽得戴利驚呼連連。

一旁的艾德等人：「……」

好吧……也只有戴利這個小孩子才會相信這種吹噓的鬼話！

02.
世上最恐怖的生物

除了戴利以外，從埃蒙口中大致了解阿諾德情況的眾人，看到對方什麼也不幹、對軍務都不太熟悉的模樣……已基本確定阿諾德這個軍官職位真的是跑關係，又或者是花錢買來的，而且這人到底懂多少航海技能也讓人懷疑。

不過阿諾德不懂，其他海軍懂就好了。他們能夠借乘這艘船，也是全仗阿諾德的幫忙。因此眾人雖然在心裡明知對方這些話都是在吹牛，但都沒有揭穿他的自吹自擂。

所有人之中，大概就只有戴利是真心相信阿諾德的。才上船不久，戴利已經像小雞跟著雞媽媽般亦步亦趨地跟隨著阿諾德，對他崇拜得不得了。

明明是個熊孩子，可在阿諾德面前，戴利卻變成聽話又乖巧的小天使。

看到戴利乖巧的模樣，布倫特不由得想起離開萊克斯城時，城主交給冒險者們的一本筆記。

那本筆記記錄了所有照顧過戴利的人的血淚史，裡面包含著照顧這個孩子的所有注意事項。簡單說的話，便是「如何飼養好一隻妖精」的史詩級教學！

原本眾人對此還不以爲然，心想戴利再能，也只是個小屁孩而已，會有多難應付？

結果事實很打臉，只照顧了戴利短短幾天，大家已經感受到這隻外表可愛的小東西到底有多難搞！

現在化身小迷弟的戴利願意聽阿諾德的話，眾人對此樂見其成。這段時間他們都快要被戴利這個屁孩弄得神經衰弱了，反正阿諾德也沒有什麼正事要幹，而且還很享受戴利對他的崇拜，眾人便樂得讓對方幫忙「帶孩子」了。

布倫特原以爲有阿諾德轉移戴利的注意力，他們至少可以清閒個兩天，沒想到艾德卻倒下了！

明明上船時還精神奕奕，甚至因爲初次出海而心裡興奮，艾德比平常更加精神幾分。

誰知道船開了一會，艾德便不舒服了。

一開始他說頭暈，暈得走不了路，站起來就覺得噁心。

然後便開始止不住地嘔吐，即使胃裡已經沒有食物，還是停不下來！

相較於其他人一副天塌下來的模樣，艾德身爲當事人，雖然感到很辛苦，卻並不覺得慌。

畢竟他曾聽說過有些人會這樣，坐馬車或船等搖晃的物件時，會出現頭暈與嘔吐等症狀。

簡單來說，人類稱呼他現在這種狀態爲「暈船」。

然而對於其他種族來說，因爲身體構造不同，他們完全不會出現暈船的狀況。即使同樣是首次出海的戴利幾人，坐在搖晃的海巡船上也像沒事人般地談笑風生。

因此當艾德的臉色愈來愈白，突然吐得天昏地暗，頭暈得站也站不起來時，他們全都被嚇到了！

對於人類貧乏的認知，令他們根本不知道艾德發生了什麼事。病情看起來很嚴重，他們都以爲艾德患了什麼不明急病，而且看起來好像快要死了！

甚至海軍們還在懷疑這個人類是不是患了瘟疫，深怕被他感染。畢竟在大海上出現疫症，大家困在同一個地方無法離開，又無法獲得外來支援，很多時候瘟疫會迅速傳染所有人，造成重大傷亡。

海軍對「瘟疫」二字都是聞之色變的，認爲這比遇上海妖更加可怕。

以往若是確定有人染上瘟疫，不論對方身分如何、人緣有多好，他們也會找個荒島，給予對方少量食水，便把人狠心丟下，以免最終全員感染導致團滅。

一開始，艾德並沒有察覺到眾人的異樣，他都已經非常不舒服了，實在沒有心力去管別人。

然而眾人那副總覺得他會隨時斷氣的表情實在太明顯，再加上他們開始爲了艾德的處置方式發生爭執……當艾德聽見有人竟然因爲他暈船便建議把他丟下海時，吐得再痛苦也無法保持沉默了！

神經病！我只是暈船而已，怎麼這些人都如臨大敵地說我患了瘟疫？

明明已經很不舒服，還要向眾人解釋到底什麼叫「暈船」，艾德只覺心很累。

艾德好說歹說，才總算讓這些人弄清楚暈船是什麼概念，並且打消了把他丟下海的可怕念頭。

聽過艾德的解釋後，眾人都覺得很不可思議。

竟然會有因爲坐船而出現的疾病……人類眞是太難飼養了！

尤其當他們得知這並不是因爲艾德體弱，一般健康的人類也是會暈船後，都突然覺得人類這種嬌弱生物能夠苟活這麼多年才滅絕，還眞是不容易！

面對著眾人憐憫的目光，艾德只覺得無言。

話說你們這些傢伙因爲我暈船就一副天塌下來似的模樣，這才奇怪好嗎？

雖然已經大致了解「暈船」，可看到艾德吃什麼吐什麼，喝水也吐，甚至不吃不喝也吐，埃蒙憂心忡忡地向艾德再三確認：「暈船眞的不會死人的，對吧？」

艾德哭笑不得地說：「不會，我還沒聽過有人因爲暈船死掉，適應了環境後應該就沒問題了……應該……吧？」

說到後頭，艾德也有些不確定。畢竟這還是他人生中第一次出海、第一次暈船，對暈船有關的知識都是道聽塗說得來的。再加上他天生體弱，吐了大半天後已經手腳發軟，渾身乏力的感覺實在有點不妙啊……

該不會暈船真的會死人吧？

不不不！別被這些傢伙影響到！

只不過是暈船而已！

艾德受到眾人反應影響，忍不住生出了自己暈船後說不定命不久矣的錯覺。他也不是沒有嘗試用聖光治療，然而聖光只能讓艾德短暫恢復，很快又再次因爲海巡船的搖晃而變得不適。試了幾次後，艾德放棄了，打算靠自己慢慢適應海上的環境。

因爲只有人類才會暈船，因此眾人都不知道該怎樣才能幫助艾德。既然對方說適應環境後便能無藥而癒，那大家只能相信艾德的話，讓他回房間好好休息。

到了第二天，艾德依然沒有痊癒的跡象，還因爲吐了一整天讓身體變得很虛弱，精神些微渙散。

冒險者一行人都圍著艾德不知所措，布倫特一臉擔憂：「這麼下去也不是辦法。艾德……你確定我們眞的不用做什麼嗎？」

艾德：「……」

我也不確定了。

該不會暈船眞的會死人吧？

戴利在旁嘲笑：「人類眞是太弱了，比我這個小孩子還沒用！」

貝琳挑了挑眉，伸手敲了敲戴利的頭：「艾德都已經這麼慘了，你就別故意氣他啦！」

要是艾德一激動，被戴利氣得斷氣了那怎麼辦？

貝琳這一下用了些力氣，把戴利敲痛了。妖精摀住被敲痛的位置，一臉不服氣地正要說什麼，然而視線卻在觸及艾德身後的某種不明物體時頓住了。

那偶爾顫動一下、從狹縫處伸出來的兩條長長黑線……怎麼讓他有種不祥的熟悉感？

正等著戴利回罵過來，然後再將孩子全面壓制的貝琳，見對方不再理會自己，只盯著某處動也不動，便也好奇地看過去。

同樣看到那兩條長長、彎彎的曲線，貝琳瞳孔瞬間放大，那雙充滿野性的貓瞳與戴利一樣緊緊地盯著艾德身後。

戴利與貝琳先後出現異狀，眾人順著他們的目光看過去，全都發現了那對吸引他們注意的長長黑線。

埃蒙與貝琳一樣，一雙貓瞳放大、不由自主地緊緊盯住那兩條又細又長的黑線，小聲地以氣音驚疑不定地說道：「這、這該不會是……」

在眾人的注視下，那雙黑線動了動，然後漸漸展現出了廬山真面目……

長長的觸鬚、深棕發亮的身體、滿是刺狀腿毛的腳……

是蟑螂！

好大的一隻蟑螂！

眾人都是一副想要尖叫，卻又怕驚動蟑螂而硬是忍耐著的模樣，僵硬著身體動也不敢動。

盯著蟑螂、深怕牠會突然走動的同時，眾人還分出了些許心神看了看四周的同伴們。

確認過眼神，都是怕蟑螂的人。

也就是說，不會有勇者出手把牠幹掉了。

艾德想不到會有隻這麼大的蟑螂在自己不遠處，精神緊張之下頭都不暈了。原本還期待著同伴出手相救，誰知道無論是平常最可靠的布倫特、性格略帶陰沉的酷帥哥丹尼爾、還是熊孩子戴利，竟然全部嚇得不敢動。

戴利也就算了，原本艾德最寄予期望的是布倫特與丹尼爾二人，誰知道面對蟑螂，這兩位武藝高強的高手卻是不戰而降。

龍族的鱗片之間是有縫隙的，大陸上有一種特殊昆蟲能夠從這些縫隙鑽進去，這可以說是龍族爲數不多的弱點之一。因此身爲巨龍的布倫特，對任何昆蟲都有著天然的抗拒。看到蟑螂更有種這噁心的昆蟲會從他鱗片縫隙中鑽進去的感覺，渾身都不對勁起來。

至於丹尼爾，雖然他的性情與一般精靈大爲不同，然而骨子裡都帶有精靈的某些習慣——比如潔癖。

畢竟精靈們是全都點亮了精緻屬性的種族呢！

這蟑螂不冒出來也不知道，原來牠是整支冒險小隊的剋星。

他們之中，竟然連一個不怕蟑螂的人也沒有！

看眾人如臨大敵的模樣，不知道的人還以爲艾德的房間出現什麼強大魔族呢！

與眾人反應有些不同的，就只有貝琳與埃蒙二人。

不是他們不害怕，他們也怕死了好不好！只是因爲貓族獸人的本能，害貝琳與埃蒙看到蟑螂便爪子癢。

他們拚盡全力地壓抑自己的本能，畢竟對於怕蟑螂的人來說，眞的徒手抓蟑螂也太可怕了！

如果他們眞的一爪把蟑螂拍死，事後實在無法面對那隻爪子呀！

會想把那隻碰過蟑螂的爪子剁下來！

因爲沒有人想當接近蟑螂的人，大家亦怕逃跑的動作會刺激到牠，一時之間房間裡很安靜，氣氛有著一種面對大BOSS的凝重感。

就在眾人都很有默契地「敵不動、我不動」之際，戴利突然覺得鼻子很癢，忍不住伸手搔了搔鼻子，想打噴嚏。

看到戴利的動作，所有人的心瞬間提了起來。

不！

不要啊啊啊！

可惜上天沒有聽到他們心底的吶喊，戴利還是忍不住打了一個大大的噴嚏。

於是，恐怖的事情發生了。

如果說世上還有什麼比遇見蟑螂還要可怕的話……

那便是那隻蟑螂會飛！

眾人全都化身爲尖叫雞，在蟑螂橫衝直撞的飛行中紛紛閃避。

不……還是有人的反應與他人不同，只見獸族姊弟因爲貓科獸人的本能作祟，即使對蟑螂再恐懼，都不由自主地伸出爪子來抓……

艾德：「……」

看著埃蒙與貝琳用一臉驚恐的表情，哭著抓弄在空中亂飛的蟑螂，艾德心裡雖然充滿同情，但還是不厚道地很想笑。

就在房間裡一陣兵荒馬亂之際，「啪」的一聲，飛舞在半空中、耀武揚威的蟑螂被掃把打死了！

這位手刃蟑螂的勇士，正是神色蒼白、在床上病懨懨的艾德。

時間就像靜止了一樣，所有人都注視著默默把死蟑螂清理好的艾德，一時之間還有些反應不過來。

特別是之前還在嘲笑人類太弱的戴利，只覺得被啪啪打臉了。

丹尼爾有些惱羞成怒：「既然你不怕蟑螂，就應該早些出手打死牠呀！」

感受到眾人的視線，艾德嘆了口氣，道：「我也怕啊，可是沒辦法，總不能眞的讓貝琳或埃蒙徒手抓蟑螂吧？他們會哭死的。」

那種一般在身邊跑過的蟑螂倒還好，艾德雖然會嚇一跳，只想在不驚動牠的情況下偷偷溜走，但還不至於太驚恐。

然而會飛的蟑螂卻完全不一樣了！

這根本是完全不在一個層次的大魔王好嗎!?

艾德自己也好怕，光是聽到蟑螂飛行時發出的聲響，便感到頭皮發麻。

只是身邊的人都靠不住，而且比自己還要驚恐，又見到獸族姊弟抵不過天性，可憐兮兮地抓蟑螂，艾德不知怎地生出一股勇氣，出手拿起掃把便將蟑螂幹掉了！

眾人看著艾德，突然覺得他瘦弱的身影變得偉岸起來。

然而艾德帥不過兩秒，心情放鬆後暈眩感再度襲來，於是又開始嘔吐了。

眾人：「……」

看著艾德辛苦的模樣，他們都覺得不能繼續任由他這般下去。暈船這種狀況也許並不致命，然而艾德幾乎一整天都沒有吃東西，甚至連喝水也會吐，再這麼下去會脫水的！

而且他們還要在這艘船上待好幾天，艾德的身體本就比較虛弱，誰也不知道再吐下去會不會眞的連命也沒了。

但他們對人類這種奇怪的症狀完全不了解，即使想幫忙也是有心無力。

就在眾人束手無策之際，事情卻出現轉機，讓艾德從暈船的狀態中解脫。

做到這一點的人出乎眾人預料，竟然是在他們眼中只會添亂的戴利。

戴利這孩子對船上的環境充滿興趣，又因爲阿諾德的縱容，因此登船後便老是到處亂跑。

結果他闖入貨倉參觀後，便拿著幾株調味用的植物出來，興沖沖地告訴大家他可以治好艾德。

當孩子把植物磨爛，並攪拌出一杯氣味很衝的詭異汁液時，所有人都沉默了。

明明全部都是綠色的植物，怎麼做出來的汁液卻變成了詭異混濁的紫藍色？還有那無比刺鼻的氣味，原本好奇圍觀的眾人全都被熏得退後了幾步。

……孩子，你確定是想治好艾德，而不是想幹掉他嗎？

察覺到眾人毫不信任的眼神，戴利嘴巴一癟，躺在地上開始打滾哭鬧：「我不管我不管我不管！這是我辛苦弄出來的，艾德一定要喝！」

戴利在阿諾德面前一直表現得很乖巧，阿諾德還是第一次看到這熊孩子原地打滾的絕技，不禁被對方的舉動嚇了一跳，在戴利的尖叫聲中摀住了耳朵。

到底這小小的身體是怎樣發出這麼刺耳的聲響!?

眾人當然不會爲了安撫哭鬧不休的戴利，便把可怕的藥液給艾德喝。在戴利的哭鬧聲中，丹尼爾冷酷無情地拿起藥液想把它倒掉。

然而丹尼爾像是突然感應到了什麼似地頓了頓，然後在眾人震驚的注視中，用食指沾了一點藥液放到嘴裡。

只是試了試味，丹尼爾便已臉色大變，下一秒更一臉痛苦地跑去喝水好沖淡嘴中的氣味。

見丹尼爾的反應，這杯藥液的味道可想而知，眾人看著他的眼神都帶著敬畏。

這麼奇怪的東西都敢放進嘴裡，敬你是條漢子！

「丹尼爾！呃……你還好嗎？」埃蒙戰戰兢兢地詢問。丹尼爾的表情實在太痛苦了，不知道須要幫他急救嗎？

雖然戴利找的植物都是無毒的，理論上混合在一起也應該無毒。

可是單看外表就已經很恐怖！

丹尼爾怎麼這麼想不開，竟然還去試味道？

以往也不覺得丹尼爾有這麼大的好奇心呀！

看到眾人的反應，戴利頓時炸毛：「我調配的藥沒毒的，喝下去才沒有問題！」

同樣好奇過來看戲的阿諾德說了句公道話：「可是看丹尼爾的反應，就不像沒有問題呀。」

看著依然在痛苦灌水的丹尼爾，戴利略有些心虛，語氣也弱了起來：「呃……雖然也許有些難喝……但良藥苦口嘛！」

大家都不明白丹尼爾爲什麼更改倒掉藥液的主意，反而主動試了這有著可怕氣味與賣相的液體，只有布倫特對此有些猜測。

相較於抗毒性奇差的龍族，精靈族剛好相反，抗毒性絕對一級棒。要毒死一個精靈，就像要用火燒死一頭紅龍般困難。

特別是植物性的毒，對於被稱爲大自然寵兒的精靈來說，更是絕對不會造成任何傷害。

所以剛剛丹尼爾的舉動……大約是在試毒？

然而布倫特想不明白的是，這杯怎樣看都是孩子惡作劇出來的產物，怎麼丹尼爾卻這麼認眞對待？

這麼想著的同時，布倫特突然想起曾經聽過的一則傳言。

靈光一閃地想到一種可能性，布倫特有些突兀地詢問：「所以說，妖精母樹眞的是生命之樹的分枝？傳說是眞的？」

03.
海妖襲來

精靈族的繁衍離不開生命之樹，每一個精靈族——即使是像丹尼爾這種精靈與人類的混血兒——在成年時都要回到族中，在生命之樹下舉行血脈覺醒的儀式。

有傳說，妖精的母樹是從精靈族生命之樹的分枝而來。因此精靈族與妖精的外貌有些相像，而且都是非常長壽的種族。

只是無論是妖精還是精靈，都沒有對這則傳說有明確的說法，而且這也不是什麼引人爭議的八卦，很多人聽過就算了，不會特別在意。

直至妖精母樹陷入沉睡，事情的真相就更加石沉大海了。

布倫特之所以會突然想起這件事，是因爲丹尼爾似乎對戴利那杯怎樣看怎樣詭異的藥液有著特殊的信任。

要知道精靈族是自然界的寵兒，他們對植物有著驚人的親和力，甚至在森林中行走時，腳步輕盈得不會踩死任何花草，阻擋去路的植物們也會特意爲精靈們讓開一條道路。在森林中，精靈族是如魚得水般的存在。

那麼，如果母樹真的是生命之樹的分枝，由母樹而生的妖精們，豈不是與精靈們同宗同源嗎？

精靈有著強大的植物親和力，看起來除了賣萌以外，沒有其他特點的妖精們，會不會其實也有著大家還未發現到的天賦？

丹尼爾灌了幾杯水，這才從那杯藥液的可怕味道中緩了過來，聲音略帶沙啞地證實了布倫特的猜測：「是的，母樹的確是從生命之樹分枝而來，我們精靈族與妖精，大約是像遠房親戚般的關係吧。」

說罷，丹尼爾便把手中藥液遞給艾德：「這杯藥液可以一試，應該能夠對你有幫助。」

艾德聞言瞪大雙目。

喂喂！你剛剛一副痛苦得快要斷氣的模樣，真的沒問題嗎？

感覺喝下去以後會比暈船還嚴重百倍呀！

光是聞到藥液的氣味，艾德已經又想吐了。

丹尼爾很不精靈地翻了一個大大的白眼，語氣強硬地說道：「這藥液沒有毒，總之你喝掉就知道了。」

說罷，丹尼爾充滿威脅性地瞪了艾德一眼：「我都已經這麼犧牲地親自為你試藥了，你膽敢再說一聲『不喝』的話，我便用暴力幫你灌下去！」

戴利也生氣地說：「早知道你們看不起我調製的藥液，我才不管你呢！真是不識好人心！」

艾德聞言猶豫了。

先不說他堅持不喝的話，丹尼爾真的會行使暴力幫他灌下去。這藥液既是戴利用心為他調配，丹尼爾又親自測試效用，如果藥液真的對暈船有效，而艾德卻不願意服用，這不是浪費了他們二人的好意嗎？

艾德從小因為身體問題麻煩不少人，他非常感激所有關心他、為他擔憂的人。生活的苦難沒有讓艾德變得怨天尤人，反而養成了一顆感恩的心，他最受不了的便是浪費別人的心意。

小時候艾德身體狀況很差，好幾次徘徊於死亡邊緣。有時候大家都不知道該怎麼辦，治療方案常常只是大膽嘗試，不是每次能夠有效。

然而無論治療能否爲艾德帶來幫助，會不會單純只是白白讓他折騰受苦，艾德還是很感激大家想要救治他的心，以及所付出的努力。

雖然有丹尼爾擔保，可艾德還是對戴利隨手調製出來的詭異藥劑的功效存疑。但無論藥有沒有效用，只要不會帶來危害，艾德還是願意一試。

於是在做足了心理建設後，艾德便很俐落地仰首把整杯藥喝掉了！

看到艾德乾脆的舉動時，丹尼爾不由得愣了愣。

他還以爲要說服艾德喝下藥液是件很困難的事，原本丹尼爾已經有心理準備要多費唇舌，想不到艾德竟然會如此爽快。

艾德雖然已經成爲了冒險小隊的一員，大家一起旅行了一段時間，然而無論是丹尼爾還是戴利，都與艾德不算很親近。想不到艾德對他們這麼信任，這讓丹尼爾有些意外。

製作藥液的戴利倒是沒有想這麼多，見艾德沒有浪費他調製的藥，孩子的神色頓時由陰轉晴，覺得艾德這個人類還是很上道嘛！

艾德把藥液喝進嘴裡，雖然他已經加快了吞嚥動作，但還是被那刺鼻的氣味嗆到。最驚人的是，藥液的味道不僅是苦，還又酸又辣，彷彿是所有刺激且不討喜的味道集合而成的。

即使艾德是從小喝藥喝到大的藥罐子，還是覺得這杯藥的味道是他喝過的所有藥中的難喝之最。

於是艾德便步了丹尼爾的後塵，被藥液的氣味嗆得瘋狂咳嗽，然後又因爲那可怕的味道開始不停灌水。

待嘴中那恐怖的味道終於漸漸消退，艾德這才突然驚覺，自己剛剛喝了那麼多水，可是竟然都不覺得反胃想吐！

不只如此，那股自從上船後便如影隨形的暈眩感，也不知道什麼時候已經消失無蹤了。

以往不曾察覺，現在突然可以擺脫暈眩感，艾德頓覺通體舒暢，還開始感到有些餓了。

昨天他又暈又噁心的，完全沒有胃口，即使勉強吃了點東西，結果都吐了出來，這相當於他一直沒有進食。因此當暈船的不適感消失後，艾德的肚子便開始咕咕叫。

看到艾德一臉驚奇的表情，再加上聽見對方肚子餓的聲音，埃蒙驚訝地說道：「那杯怪東西還眞的有用!?」

戴利被埃蒙的話激得再次炸毛：「什麼叫怪東西！那是我辛苦配出來的藥！」

明明都把艾德治好了，可是他們還是不信任他調製的藥。這讓戴利愈想愈生氣，眼眶也委屈得紅了起來。

確定藥是眞的有用，埃蒙也知道自己誤會了戴利，只是他總是說話不經腦子，現在看到孩子被他剛剛脫口而出的話弄哭了，埃蒙心裡充滿愧疚。

埃蒙總是待人很眞誠，即使對象是個小孩子，可自己錯了，埃蒙便會坦誠向對方道歉，絕不會因爲戴利年紀小而有所敷衍。

埃蒙好說歹說，外加與孩子訂立了數條不平等條約之後，這才終於逗得對方破涕為笑。

抹了抹額上的冷汗，埃蒙心想小孩子什麼的真是情緒化又難纏的生物。他寧可與魔族對戰，也不願意面對一個被自己弄得哭鼻子的小孩。

經過了這次調製藥液的事情，大家都對戴利刮目相看。

想不到這麼小的孩子，竟然是一個出色的藥師！

不過戴利這位藥師還有很多不足之處，他之所以能夠順利調製藥劑，主要是天賦給予他的直覺。

這孩子憑感覺認為那些植物對艾德的狀況有幫助，於是便混合了它們。製作的用具與手法都很粗糙，而且戴利對於自己製作的藥液也不太了解。比如該怎樣保存、藥效能夠維持多久，這些戴利都是一問三不知。

發現到妖精在製藥上可能有著驚人的天賦後，眾人都把這事情上報給各族的首領，希望能夠撥出資源培訓這些妖精們成為出色的藥師。

可以想像將來當這些妖精長大成人以後，世界便能夠收獲一批出色的藥師，妖精們也能夠擁有一技之長，絕對是雙贏的局面。

戴利並不明白自己剛剛露這一手，已經獲得了各族的重視。甚至他製作藥液也只是因爲正好看到適用的材料，這才順手調配而已。

治好了艾德的暈船症狀以後，戴利便把這事情拋諸腦後，繼續當阿諾德的小尾巴。

這天，當阿諾德與戴利一起在甲板上曬太陽時，突然傳來陣陣動人的歌聲。甜美的、帶著讓人迷沉其中的魅惑聲音，就像是魔鬼引誘凡人墮落的輕聲耳語，充滿著死亡的氣息，卻偏偏令人難以抗拒。

無論是阿諾德還是戴利，都無法抵抗歌聲的誘惑。二人就像提線木偶一樣，無知無覺地朝著甲板邊緣走去。

伴隨歌聲而來的，便是突如其來的暴風雨。

明明之前還是萬里無雲的好天氣，可自從歌聲出現後，天色便迅速暗了下來。受到暴風雨影響，海面湧現大浪，海巡船因海浪而猛烈搖晃。

離奇的是，在那風聲與海浪聲中，耳語般的歌聲卻依然清晰，完全不被四周響亮聲響遮掩。

除了戴利與阿諾德被歌聲影響，還有一些海軍也有同樣狀況，眼看他們便要掉進海裡，一些沒有受到影響的士兵及時拉住了他們。

在救人的同時，他們更反應迅速地敲響一個放在甲板上的警報器，特殊聲音大響，除了警告仍不知狀況的同伴外，亦解除了受到歌聲影響的人的催眠狀態。

「敵襲！是海妖！」海軍們大聲呼喊，迅速在突如其來的暴風雨中控制著在風雨中飄搖的海巡船。一些海軍則開始清理炮台，做好作戰的準備。

「怎、怎麼一回事？」阿諾德剛清醒過來，便發現自己已經跨出了欄杆，原本平靜的海面不知道什麼時候颳起大風浪，搖晃的船身差點把他拋進海裡，嚇得他抱住欄杆慘叫了聲。

一旁已恢復神智的戴利也同樣已跨出了欄杆，被此刻的狀況嚇了一跳。海巡船搖晃不穩，這讓戴利嚇得抱住欄杆動也不敢動，可小孩子的力量根本抓不住濕滑的欄杆，只能哭著向他身旁的阿諾德求助：「阿諾德！救我！」

然而之前一直被戴利視爲英雄的阿諾德，卻完全沒有救他的意思，只是抱著欄杆，一臉猶豫。

過了好一會，阿諾德這才膽怯地伸出手，嘗試抓住快要摔出去的孩子。

但此時海巡船一陣猛烈搖晃，嚇得阿諾德再次緊抱欄杆大叫：「我做不到！你自己想辦法吧！」

戴利怔怔地看著移開了視線、不願再看自己的阿諾德，一臉不敢置信。

你不是英雄嗎？

不是經歷過很多海上戰鬥，才能當上軍官嗎？

可爲什麼不僅沒有投入戰鬥，甚至連拯救觸手可及的人都不敢？

戴利覺得自己受到了欺騙，原來所謂的戰爭英雄全是騙人的！

這個人就只是個懦夫！

可惜戴利再生氣，此時自身難保的他卻無法去找阿諾德算帳了。

海軍們的判斷沒錯，他們確實倒楣地遇上了海妖的攻擊。

海妖是喜好吃人肉的凶殘生物，它們都有著女性的上半身，長相艷麗。鰓邊有著尖銳的魚鰭，手指之間有蹼，指甲非常鋒利。

與它的利爪同樣有著強大殺傷力的，還有它尖銳的魚鰭與牙齒，可以輕易撕開獵物的皮肉。

海妖的下半身沒有雙腿，取而代之的是一條光滑的魚尾。它們的魚尾非常強壯有力，能夠把一個成年男人抽打至骨折。

更別說海妖還有一些特殊能力，例如它們的歌聲能夠迷惑心志不堅的人，以及海妖的出現往往會帶來暴風雨。

由於海妖出現的次數不多，而且很多時候遇上海妖的人都會成爲它們的食物，沒有留下倖存者，因此人們對這個神祕種族了解並不多。

比如海妖的出現會伴隨暴風雨，人們至今仍弄不清楚那場暴風雨是由海妖所召喚，還是海妖選擇暴風雨出現時進行狩獵。

經過多年的研究，人們製造了發出特殊聲響的警報器，那尖銳的聲音能夠喚回被海妖歌聲誘惑的人的神智。

然而也僅止於此，暫未有更多方法應對海妖的偷襲。因此眞的這麼倒楣遇上的話，也只能與它們硬碰硬，以強大的武力將它們擊退了。

此時海軍與海妖的戰鬥已經展開，眾多海妖乘著海浪攀上海巡船，並試圖把一些站在船身邊緣、操控著炮火的海軍拉進海裡。

亦有些海妖潛到海底去攻擊船底，試圖令海巡船沉沒。然而軍隊的船隻都在船底設置了堅固的防護，海妖無法輕易破壞。只是在海妖的攻擊下，原本風雨中飄搖的海巡船搖晃得更加激烈了。

海軍也做出猛烈的反擊，各種箭矢與炮火紛紛射向海中的海妖，很快地，海面便被海妖的鮮血染成了一片紅色。

戴利死死抱住欄杆不敢鬆手，只是他已經快要沒有力氣了。又冷又累的他幾乎沒有知覺，雙手僵硬得好像不是屬於自己的一樣。

此時戴利發現海中好像有什麼一閃而過，他探頭一看，便與一隻正爬上海巡船的海妖對上了視線！

戴利被對方嗜血的眼神嚇了一大跳，差點嚇得便要鬆手。

海妖發現戴利後，瞬間更改了移動路線，直直向著戴利爬去！

對於喜好人肉的海妖來說，像戴利這種白白嫩嫩的小孩子是最高級的美食。再加上帶著小孩子出海的人很少，因此幼童的肉對海妖來說更爲難得。

發現到戴利的瞬間，海妖便完全移不開視線了。

此刻戴利已經被這隻海妖鎖定，眼看著海妖與自己的距離愈來愈接近。戴利想要逃走，卻又因爲船身劇烈搖晃而難以移動半分，只得再次向阿諾德求救：「阿諾德！有海妖要來了！」

原本因爲心虛而一直不看向戴利的阿諾德，聞言也顧不得尷尬了，連忙往戴利方向看去，果見海妖神色猙獰地往他們爬來！

阿諾德怪叫一聲，立即連滾帶爬地往旁移開，竟將戴利留下來獨自面對海妖！

戴利看著落荒而逃的阿諾德，知道是指望不上他了。雖然孩子已經沒有多少力氣，然而求生的本能還是讓他鼓起勇氣放開抱住欄杆的手，嘗試逃離海妖的追獵。

戴利很清楚自己待在原地不動，只會被海妖抓住成爲它的食物，只有逃跑才能有一線生機。

然而在暴風雨之下，戴利流失的體力比他想像的更多，他才往裡爬不到兩步，船身再次迎來一陣猛烈搖晃，戴利整個人被甩到了半空中。

那瞬間，戴利腦海裡一片空白，只能發出驚恐的尖叫聲。此時一隻冰冷的手及時抓住了他，並把他拉回甲板上。

「戴利！你還好嗎？」

嚇傻了的戴利愣愣地看過去，看見救他的人是艾德。

與戴利一樣又濕又冷的艾德一臉病容，被雨水濕透的衣服緊貼在身上，更顯示出這個病弱青年到底有多削瘦。

然而偏偏是這個看起來很弱小的人，在危急關頭不顧自身安危，衝過來救了自己。

艾德把戴利緊緊抱在懷裡，此時海妖已經快要來到他們面前，看到艾德要抱走自己屬意的獵物，海妖發出憤怒的尖叫聲，尾巴用力往船身一拍，整個身體凌空躍起，往艾德二人撲過去！

「丹尼爾！」艾德築起一道聖光盾，並用身體護住懷裡的戴利，邊大聲呼喊。

得知海妖襲擊船隻時，冒險者們迅速做出反應。布倫特與獸族姊弟幫助海軍迎敵，而艾德與丹尼爾則前來甲板尋找戴利。

爲了能夠更快找到對方，上甲板後艾德與丹尼爾分開行動。雖然艾德不知道丹尼爾實際在哪裡，但他知道對方一定就在甲板上，相信對方會趕過來的！

丹尼爾也沒有辜負艾德的信任，海妖還未觸及艾德築起的聖光盾，便被射來的一支箭矢射中要害，跌落海中，生死不知。

丹尼爾確實就在艾德他們不遠處，他解決掉眼前敵人後，立即衝前拉住艾德，想要幫忙把戴利帶到安全的地方。

然而就在此時，一個巨大海浪湧來，三人根本來不及反應，全都被海浪帶進了海裡。

艾德不會游泳，掉進海裡以後只能徒勞無功地揮動手臂幾下，腥鹹的海水灌進他的氣管裡，他只能在海中痛苦地掙扎。

幸好丹尼爾就掉在他的不遠處，在艾德沒頂之前及時拉住了他。

艾德雖然心裡感到很恐慌，但仍記得上船前眾人爲他講解過遇溺時該怎麼辦。他們這些不懂游泳的人在水中要盡量放鬆，過度的緊張與掙扎會讓他們往海裡沉，還會連累前來拯救他的人。

於是艾德只能努力壓下想要掙扎的本能，盡量放鬆身體，把主動權讓給來救自己的丹尼爾。

丹尼爾見狀鬆了口氣。拯救遇溺的人時，最怕的便是對方過於驚恐而拚命掙扎。艾德這種放鬆的狀態看似什麼都沒有做，但其實已經幫了大忙。

丹尼爾帶著艾德抓住了一塊漂浮在海上的浮木，艾德痛苦地咳了幾口水，便立即緊張又歉疚地對丹尼爾說道：「戴利不見了！」

摔進海裡時，巨大的衝擊力令艾德鬆開了抱住戴利的手，孩子已不知道被海流捲到何處。艾德對此非常自責，在暴風雨之下，一個不會游水的孩子該怎樣存活？

「現在不是想這些事的時候，我們都自身難保了，先保護好自己再作他想！」丹尼爾雖然心裡同樣懊悔萬分，可是他清楚現在再想這些也於事無補，在災難發生時保護好自身才是最重要的。

艾德心裡也明白這個道理，雖然內心很自責，但也不願意讓自己的負面情緒影響到丹尼爾，便抿起了嘴點了點頭。

此時他們已被海浪捲離了海巡船，四周暴風雨漸漸減弱。丹尼爾四處張望，試圖尋找船的位置，然而卻是看不見絲毫影子，他們已在海中失去了方向。

察覺到艾德依然因爲戴利的失蹤而情緒低落，丹尼爾略帶生硬地安撫：「不是你的錯。」

艾德愣了愣，發現丹尼爾依舊一副專心觀察環境的模樣，完全沒有看向自己，讓艾德幾乎以爲剛剛對方安慰的話語是他的幻覺。

然而看到丹尼爾紅了的尖耳朵時，艾德便確定這不是幻覺了。爲免丹尼爾惱羞成怒，艾德連忙移開了視線，很合作地裝作不經意地應了聲：「嗯。」

等了好一會，二人所期望的海巡船沒有出現，他們只能緊抓住浮木繼續在海上漂浮，卻很倒楣地遇上了幾隻海妖。

丹尼爾抓住浮木便不適合射箭，但他的劍術其實也不錯，在艾德聖光盾的防護下，丹尼爾抓準機會拔出腰間的匕首斬向來襲海妖。二人合力之下，不僅在海妖的攻擊中絲毫無損，還成功重傷了幾隻來襲的海妖。

海妖眼見不敵，暫時退開，然而卻沒有離去，而是遠遠地跟在他們身後。

這些海妖的意圖很明顯，就是想等艾德他們沒有體力時再進攻。

即使明知道只要稍有放鬆，那些海妖便會像嗅到血腥味的鯊魚般衝前，然而泡在海水裡的艾德已經快要支撐不住了。

艾德冷得渾身發抖，他努力想要撐起聖光盾，然而最後散發柔和光亮的聖光盾還是消失了。

不只如此，嚴重失溫的艾德更是開始意識模糊，最終更失去了意識。

04.
流落荒島

再次恢復意識時，艾德發現自己正躺在帳篷裡。

此時艾德因爲發著高燒還不很清醒，呆呆地爬出被窩，這才發現自己身上的衣服都被脫光了！

臉上一紅，艾德連忙從空間戒指中取出衣服穿上。心想幸好空間戒指還戴在手上，沒有在海中被海流沖走，不然自己便要裸奔了。

穿好衣服後，艾德熟稔地檢查自己的狀態。

有些意外狀況比想像中好，雖然仍在發燒，但泡過海水的身體有被清理過，身上的一些擦傷也被包紮了，說不定還被餵了藥。不然他之前著涼後又泡了這麼久海水，現在只怕還在昏迷中呢。

艾德用聖光治好身上的外傷後便離開帳篷，果見同樣換了一套衣服的丹尼爾在外面築起了火堆，嘗試烤乾架在火堆旁邊的衣服。

「醒了？」察覺到艾德的動靜，丹尼爾的尖耳朵動了動，遞出他早已經燒好的熱水。

艾德發現丹尼爾每次做出任何體貼的舉動時，總愛裝出一副酷酷的模樣。明明是個滿不錯的人，但似乎不太擅長向別人表達自己的關懷。

「嗯，辛苦你了。」艾德同樣向丹尼爾放出一道聖光，這才接過熱水。喝了一口，頓覺渾身上下變得溫暖起來。

丹尼爾想不到對方一見面便甩了自己一道聖光，身體的負面狀態隨著聖光的照耀迅速消失，丹尼爾不禁在心裡感慨有祭司在隊伍中的好處，並向艾德說明二人此刻的狀況：「我們的運氣很好，雖然找不到海巡船，但卻漂流到一座荒島，不然只怕眞的要命喪大海了。」

雖然艾德早早便昏倒了，但也不難猜想當時的凶險。

那時候他們在海中失去了方向，還有海妖尾隨身後。艾德失去了意識，意味著聖光盾沒了。丹尼爾既要照顧他，又要警戒在身後虎視眈眈的海妖，可以想像當時的情況有多危險。

在這種生死一線的情況下，丹尼爾即使放棄他也是情有可原，甚至再狠心一些，

還可以直接將艾德用來當引開海妖的誘餌，好增加自身的生存機會。

然而丹尼爾卻沒有這樣做，相反地，這個看起來總是很難相處的精靈還一直照顧艾德，不僅把他安全帶到岸上，更費心安頓好他這個病患。

艾德心裡感動，但顧及丹尼爾彆扭的性格，只簡單地向對方道謝，並把這恩情默默記在心裡。

環視了下四周環境，他們落海的時候還是早上，可現在卻已經是下午了。二人此刻身處的荒島比艾德想像中大，丹尼爾選擇了岸邊爲臨時紮營的地點，在這裡，若有船隻經過，他們立即便能看見。

他們紮營的地方是一處叢林外的砂礫區域，再向海邊走便是一片有著潔白細沙的沙灘。這片沙灘水清沙細，非常優美，平時艾德若是看到這麼漂亮的沙灘，一定會很想赤腳上去走走看。

然而現在他又累又不舒服，即使是聖光也無法完全消除他的不適，實在沒有這種漫步沙灘的悠閒興致。

營地後方則是一座茂密的叢林，這個荒島有著茂盛的植被，也不知道叢林裡會不會有危險的野獸……

察覺到艾德打量的視線，丹尼爾道：「上岸後我沒有走太遠，只在附近探索了下環境。一會兒我要深入荒島，確定叢林裡有沒有大型的野獸。還有我們的空間戒指雖然備有食水，可是不知道會在這裡逗留多久，因此水源也要確認……」

聽著丹尼爾的安排，艾德知道雖然對方沒有明說，可明明還有這麼多事情要處理，丹尼爾之前卻哪裡也不去的主要原因，是要守著他這個昏迷的病患。

艾德心裡很感激，只是他知道再向丹尼爾道謝，對方說不定又會因爲太害羞而生氣了。

艾德還發著燒，身體一時無法這麼快恢復過來，但他也明白丹尼爾爲了守住自己，已經浪費不少時間，實在不希望因爲自己的緣故再耽誤對方的行動。

於是艾德強打起精神建議：「我就不與你一起了，我留在這裡看著，如果發現海巡船經過，又或者出現任何突發事情，便發出訊號通知你。」

丹尼爾點了點頭，他也看出艾德的體力仍未恢復，實在不適合與他一起進入叢林，勉強一起行動也只會扯後腿而已。

而且他們也的確需要留下一人來觀察海面的狀況，對方這個建議很符合他的想法。頓時覺得艾德也頗懂事的，雖然是個人類，但也不算太討厭。

於是二人兵分兩路，艾德留守大本營，丹尼爾則進入叢林探路。

理論上，艾德的任務應該比丹尼爾輕鬆許多，他只要確保營地的火不熄滅，並且觀察海面動靜就好。

只是過了一會，艾德便看到海面出現了一些異樣。

那遠遠向著荒島漂浮過來的兩個黑點……愈看愈像是……人？

該不會，那些海妖又追來了吧？

艾德連忙跑到海邊視察，然而距離太遠了，只能看到兩個人形的黑影在海上浮沉，無法確定對方的身分。

隨著對方愈來愈接近，艾德終於確定他們不是海妖了。畢竟對方正抱住浮木在海上漂浮，這應該是落海的人，說不定還是同在海巡船上的同伴！

艾德連忙朝他們大聲呼喊，對方也發現到艾德揮手的身影，向著艾德的方向游過來。

艾德跟著人影漂浮的方向移動，務求對方上島時他能夠第一時間接應。

隨著二人接近荒島，他們的模樣也逐漸清晰。

看清楚來者時，艾德心裡頓時一陣驚訝與狂喜。

竟然是阿諾德與戴利！

落海時，艾德因爲衝擊力而鬆開了抱住戴利的手。雖然他心裡明白這是沒有辦法的事情，然而心裡還是感到很歉疚。

戴利年紀還小，甚至不懂游泳，艾德心裡其實已經作好了最壞的心理準備。

想不到戴利這麼幸運，他雖然掉進海裡，但被同樣掉落海中的阿諾德救起，而且還一直支撐至荒島！

在艾德焦急的等待中，二人終於成功上岸，艾德連忙上前檢查他們的狀況。

二人意識清醒，雖然又渴又累，而且還有些失溫，但精神還算可以。

看到艾德的時候，戴利立即捨棄了阿諾德，嚶嚶哭地撲進他懷裡。艾德也不介意戴利把他才剛換上不久的衣服弄濕，他哄了戴利好久，告訴他與阿諾德在附近有一個臨時營地，可以帶他們去休息。

然而任憑艾德好說歹說，孩子也不願意鬆開他，只可憐兮兮地表示自己很累、要抱抱。

一旁的阿諾德也同樣表示自己走不動了，他倒沒有厚著臉皮要求艾德抱他——老實說，以艾德的小身板也抱不起他來——阿諾德只是要求艾德攙扶他。

於是還發著微燒的艾德，只得左手抱住戴利，右手扶著阿諾德，艱難地返回營地。

這一路上艾德累得夠嗆，要不是妖精的身體非常輕巧，艾德絕對無法同時照顧他們二人。

回到營地後，艾德讓二人清理身體、換上乾淨的衣物，再爲他們治療身上的傷勢，整個過程又花費了不少時間。

阿諾德與戴利都沒有替換衣物，只得勉強穿著艾德的衣服，待原本的衣服烘乾後再換回來，這總比在荒島上裸奔得好。

即使戴利把衣袖與褲腳捲起來，艾德的衣服還是太大了，更顯得妖精小小的一隻。

相反地，艾德的衣服對阿諾德來說卻是太窄小，於是他只得裸著上半身，下身勉強塞進艾德的褲子裡。艾德看了看被阿諾德撐大了一碼的褲子，嘆了口氣，心想這褲子之後無法再穿了。

待二人安頓好以後，艾德這才放出訊號呼喚丹尼爾回來。他往火堆丟了一紮傳訊用的乾草，便見煙霧瞬間變成了藍綠色。

看到艾德的訊號時，丹尼爾還以爲他那邊發生了什麼意外，立即趕了回去，想不到迎來這麼大的驚喜。

雖然丹尼爾不太喜歡戴利這個屁孩，覺得他既吵鬧又不懂事，但他絕不希望這

孩子遇上任何意外。

爲免加深艾德的罪疚感，丹尼爾一直沒有談及關於戴利的話題，可其實他也很在意孩子的安危。甚至還打算等他們在荒島安頓好後，他便繞島一周去看看有沒有戴利的線索。

畢竟依照出事時的海流，戴利很有可能會跟他們一樣漂浮到這座荒島——無論是溺斃的屍體，還是被海妖吃剩的殘肢……丹尼爾覺得，他至少要去確定戴利的生死。

可丹尼爾卻想不到，他看到艾德的訊號趕回來後，能夠看到一個活著的戴利！

饒是素來在戴利面前顯得很冷硬的丹尼爾，在看到活蹦亂跳的戴利時，仍是勾起了嘴角，難得露出一個柔軟的表情：「沒事就好。」

戴利感受到丹尼爾的好意，他一直知道自己很頑皮，並不是個受人喜歡的乖孩子。想不到來到荒島後，艾德與丹尼爾會這麼歡迎他，在感動之餘也大大彌補了阿諾德欺騙他的難過。

危難之際，阿諾德對他見死不救，反而是平常關係一般的艾德冒著生命危險去救他。這讓戴利對艾德大大改觀，之前一直黏著阿諾德的架勢，到了荒島後，倒是轉移到了艾德身上。

戴利是聽著人類壞話長大的，雖然在戴利的印象中，人類並沒有大家說的那麼壞，真正接觸後覺得艾德也不是個壞人，可從小耳濡目染下，還是讓戴利沒有與艾德太親近。

加上戴利崇拜強者，他覺得像阿諾德這種高大威猛的軍人才是他心目中的英雄。想不到現實卻狠狠甩了他一巴掌，在災難出現時，一直大肆宣揚自己驍勇善戰的阿諾德卻是個慫貨。

反而體弱多病、與「英勇」二字拉不上關聯的艾德，卻拚盡全力去救他。就連一直表現得不喜歡他的丹尼爾，在他面臨危險時也會施以援手。

戴利被阿諾德的表現傷透了心，落海後雖然被同樣跌進海裡的阿諾德所救，然而他對對方的態度卻一百八十度逆轉，完全沒有好臉色。只是那時他唯一能夠依靠的人只有阿諾德，只能按捺著不發作。

現在他看到阿諾德，心裡便有股怒火在熊熊燃燒。來到荒島後，有了丹尼爾與艾德當靠山，戴利便開始對阿諾德冷嘲熱諷，弄得阿諾德非常心塞。

丹尼爾倒是很歡迎阿諾德的到來，畢竟艾德的身體素質擺在那，即使他很想幫忙，可丹尼爾也不敢讓艾德太操勞。阿諾德雖然沒什麼能耐，但至少能夠幫忙幹些體力活，現在他們最缺的便是當苦力的人了。

阿諾德也知道自己有多少斤兩，雖然他吹噓自己是個十項全能的英雄，然而他的確如埃蒙所猜測般，能入海軍都是靠父親爲他打點。也是因爲他沒有什麼長處，因此那個把他塞入軍隊的人，才讓他當「指揮官」這種不用眞的在前線工作的職位。

阿諾德不是那種仗勢凌人或不懂裝懂的人，雖然他是指揮官，但其實他的工作都是副手在做。那人不求名譽只求財，阿諾德的父親給了他不少補償，因此雙方對這種安排都很滿意。

這也是爲什麼阿諾德雖然是用錢買來的官位，但在海軍中人緣還算不錯。畢竟有個人傻錢多不又愛管事的上司，對這些海軍來說也是一件滿不錯的事情。

所以在阿諾德向戴利他們吹噓自己的戰績時，其他海軍都樂呵呵地沒有揭發。要不是這次出了意外，只怕阿諾德眞的能夠好好隱瞞戴利，直至與他們分別。

在心裡把阿諾德與「苦力」二字劃上等號後，丹尼爾便告知眾人他初步探索叢林的成果：「往裡走有一座小型的淡水湖，只是位置距離岸邊較遠，汲水很不方便。叢林裡暫時沒有發現大型野獸的蹤跡，這座荒島應該是安全的。趁著入夜前，我們得要選擇營地的位置，是直接紮營在岸邊，還是遷移至叢林裡？」

說罷，丹尼爾也提出了他的意見：「我認爲在近岸處紮營比較好，我們失蹤的時間不足一天，海巡船應該正在搜索我們的位置。我們有帳篷及簡單的生活物資，因此這幾天可以先在近岸處的營地等待救援。如果還是遲遲等待不到海巡船，到時候我們再考慮是否遷移到水源附近。」

丹尼爾的建議，其餘三人沒有異議。

確定了營地位置後，眾人便開始營區的建設。

除了丹尼爾的帳篷，艾德的空間戒指也存有一頂，足夠他們四個人住。

住處有了，水源也已經確定，空間戒指裡還有一些乾糧。這天他們都累了，眾人決定先以乾糧充飢，明天再看看有什麼適合食用的動植物。

雖然這一晚不用煮食，但火源依舊重要，除了用來取暖與驅趕野生動物，最重要的是讓搜救他們的海巡船更容易發現到他們。

爲了確保火種，他們得進入叢林撿拾更多柴枝。

另外，丹尼爾強烈建議大家搭建一個用來遮擋太陽的木棚。畢竟他們選擇在近岸處紮營，這裡不像叢林中有樹木遮蔭。

別看下午的太陽光很舒適，明天到了正午時分，陽光可毒辣了。沒有遮擋物，暴露在陽光下很快就會曬傷，若是中暑也很危險，因此遮陽物是必須的。

雖然丹尼爾覺得營區還有不少地方須要改善，可是大約還有兩小時左右便要天黑了，因此暫時沒有提出來，先處理了最重要的事情再說。

眾人經過商議，由丹尼爾與阿諾德進入叢林撿柴枝與做木棚需要的材料，至於艾德與戴利則留守在營地。

原本艾德還打算等體力恢復後進入叢林看看，只是現在戴利也來到了荒島，他實在不放心獨留戴利一人在這裡，也只能再次錯過了入叢林的機會。

至於阿諾德，也許因爲不久前曾對戴利見死不救，以及對之前吹噓自己一事感到心虛，急於展現自己的價值，聽見丹尼爾要他一起進入叢林時，立即拍著胸口道：「小事一樁，交給我吧！」

戴利看不過眼對方的裝模作樣，懟道：「你眞的辦得到才好，可別再騙人。」

自從來到荒島，阿諾德便被戴利陰陽怪氣地嘲諷了數次，他因爲心裡有愧而忍耐著，然而戴利卻一副沒完沒了的樣子，阿諾德也生氣了：「你這孩子眞是不討喜，難怪上船後大家都不想與你相處，把你丟給我照顧。」

戴利氣得臉也紅了：「明明就是你在騙人，我才會一直跟著你的！可你根本就不是英雄！你是個有危險便躲起來的膽小鬼，是個滿口謊言的騙子！」

阿諾德冷笑道：「你總是指責我，說我事事做得不好，那你呢？你這個難搞的屁孩，躺在地上哭鬧時眞是煩死了，我眞想一腳踩下去，看看你還會不會起來！」

戴利還是第一次被人這麼指著鼻子罵，他「哇」的一聲便哭了起來：「我討厭你！」

阿諾德抱著雙臂，冷眼看著戴利哭鬧，完全沒有去哄他的想法：「眞巧，我也討厭你！」

艾德被戴利吵得頭痛，他揉了揉發疼的太陽穴，朝丹尼爾與阿諾德說道：「時間不早了，再耽誤下去太陽都要下山，你們先進叢林吧。」

艾德這番話在理，丹尼爾也不想待在這裡聽熊孩子哭鬧。阿諾德則因爲弄哭了孩子感到更加心虛，於是兩人很快便溜了……

弄哭自己的人不在，戴利再吵了一會便覺得沒意思，自個兒停止了哭鬧。

艾德嘆了口氣，道：「既然你不哭了，那我便開始工作囉。」

小孩子的眼淚說來便來，說停就停。戴利抹了抹眼睛，好奇地詢問：「你有什麼工作？不是待在這裡等他們回來就好？」

艾德笑道：「這樣也可以，只是待著也是待著，我想做些自己能力所及的事情。

你要來幫忙嗎？」

戴利歪了歪頭，看著雙眼含笑的艾德。

一開始認識艾德、知道他是個人類時，戴利只覺得很驚奇。畢竟人類在魔法大陸已消失很多年，久得曾經與人類相處過的戴利都快要忘記人類到底是怎樣的模樣。

戴利雖然對艾德有些好奇，卻沒有親近對方，只偶爾會忍不住把視線投放到他身上，偷偷地觀察。

那是一個病弱的青年，臉色蒼白，經常生病，坐船還會不舒服。不過他同時又很強大，可以把蟑螂打死，還會在危難時挺身而出，拯救自己。

明明看起來完全不像戴利理想中的英雄，可是他卻做了英雄的行動。

而阿諾德明明看起來就應該是個英雄，他高大威猛，還是個軍人呢！想不到卻是個慫貨，想到自己被阿諾德騙得團團轉，戴利再次感到意難平，忍不住又數落起阿諾德：「阿諾德真的太討厭了！大騙子！膽小鬼！」

聽到戴利翻來覆去地用著有限的詞彙罵阿諾德，艾德竟然覺得他有點萌。

不過當事人阿諾德如果在這裡，只怕又會再次被戴利氣得跳腳了。

戴利自己罵著不夠，還要尋求艾德的認可：「阿諾德真是太討厭了！你說對吧？要是真的是個英雄，再危險都不會退縮，一定會冒險去救我的！」

艾德笑道：「如果是說他騙人的話，那的確是不對的事。可是說到他應該捨身相救……戴利啊，沒有誰，理所當然地應該豁出自己的性命去救別人的。」

摸了摸戴利的頭，艾德溫柔地解釋：「我只是希望戴利你能夠理解，所有人的生命都是珍貴的，他們也會恐懼、也有割捨不下的重要的人。雖然阿諾德做錯了，可是他的退縮是可以理解的。你可以生氣他欺騙你、生氣他沒有盡到軍人的責任，但要理解他面臨危險時的恐懼。何況在你落海以後，阿諾德也救了你，辛苦把你帶到荒島了，不是嗎？」

說罷，艾德又笑道：「不過理解歸理解，可阿諾德是名軍人，擊退敵人、守護平民是他的分內之事。他面臨危險時退縮了，所以戴利你就盡情去嘲笑他吧。」

戴利怔怔地看著艾德溫柔的笑容，他本應該因為艾德對阿諾德的維護而生氣，然而卻沒有，反而懵懵懂懂地像是理解了什麼。

在得知阿諾德的欺騙後一直燃燒著的怒火，也不知不覺地漸漸平息了下來。

05.
爭吵

此時作爲艾德與戴利談論主題的阿諾德，正與丹尼爾一起默默在叢林裡幹活。除了告誡阿諾德小心身邊一些隱藏的危險外，丹尼爾基本不與他說話，只冷著一張臉自顧自地做事。

看著身旁沉默寡言的丹尼爾，阿諾德不由自主地也不敢亂說話。實在是因爲這個混血精靈的氣場太強，看起來很不好惹。

總覺得亂說話會被揍。

阿諾德是知道丹尼爾這個人的，畢竟在艾德出現以前，魔法大陸上唯一擁有人類血統的，就只有丹尼爾這個混血精靈。

因此丹尼爾非常有名，在他離開了精靈森林當上冒險者後，更加臭名遠播了。

畢竟之前丹尼爾一直生活在精靈森林裡，除了他的血統外，沒什麼可以讓大家議論的地方。然而他卻離開了庇護他的精靈森林，選擇在外面生活，於是有關丹尼爾的流言蜚語自然多了起來。

傳說，這人繼承了人類的邪惡，明明擁有精靈族的血統，性格卻粗鄙不堪，與精靈一點兒也不像。又有傳言說丹尼爾這人有暴力傾向，曾經失控打傷過同族，最後在精靈族裡待不下去，這才離開精靈森林去當冒險者。

丹尼爾的傳言大部分都是負面的，幾乎沒有人說過他的好話，然而阿諾德倒沒有因此而對他有不好的印象。

阿諾德在成爲海軍以前曾經胡鬧過一段很長的日子，甚至與一些損友拉幫結夥，做了不少錯事、闖了不少禍。直至父親看不過眼，把他塞進軍隊後才漸漸糾正過來，也與那些唆使他墮落的損友劃清界線。

在那段荒唐的日子中，阿諾德不是沒有見過比丹尼爾那些傳言更壞，又或者性格古怪的精靈族。

一般人對精靈的印象都是優美、與世無爭且崇尚自然。當然大部分精靈都是這樣沒錯，但也不是沒有精靈族走上歧途，誰說就只有混血精靈才會是壞人呢？

阿諾德就曾遇上過墮落的精靈，自然界的寵兒一旦黑化，那種邪惡與殘忍程度實在讓人心驚。再看看丹尼爾，他其實就只是一個性格有些古怪的精靈而已。

只是因爲丹尼爾有著人類的血統，這便成爲了他的原罪吧？

雖然心裡爲丹尼爾小小地打抱不平，但這不代表阿諾德喜歡這個性格乖張的精靈。

老實說，丹尼爾這種「不要慫、就是懟」，充滿暴力的行爲模式，實在有些像阿諾德的父兄，這讓阿諾德看到他便滿滿的既視感，與丹尼爾在一起時完全不敢像平常那般胡說八道。

阿諾德知道丹尼爾看不起自己，當然他也清楚自己不是什麼了不起、值得別人敬佩的人。

可那又怎樣呢，如果要獲得別人喜愛的條件是先要付出努力與汗水，又或者要冒生命危險去當英雄，阿諾德立即表示自己不受歡迎也沒什麼關係。

阿諾德：我有很牛逼的父親與哥哥，躺贏就好。

雖然心裡是這樣想的，可阿諾德也期待自己能夠獲得別人的肯定，因此他先前才欺騙了戴利，並不是如戴利所猜想般故意戲弄對方。

不過現在這些都不重要了，反正他已被戴利討厭，他也挺煩那個熊孩子的……

想到這裡，阿諾德抹了抹額上因勞動而出現的汗水，突然有些後悔為了躲避戴利而選擇進入叢林，好像留在營地與戴利一起打打鬧鬧更加輕鬆啊！

丹尼爾是真的毫不客氣地讓阿諾德當苦力，不過這分工也不能說不合理。看看精靈族纖瘦修長的體型，怎樣也是阿諾德更擅長體力勞動。

因此進入叢林後，阿諾德負責大部分的體力活，丹尼爾雖然也會幫忙，但更多的卻是把注意力投放在叢林的勘測上。

在阿諾德工作的同時，丹尼爾已經找到一些可食用的植物，只是因為他們得搬運大量木材與柴枝，因此他只能先記著這些食物的位置，等有需要時再採摘。

「救救救救命！」再一次聽到阿諾德的呼救聲，丹尼爾嘆了口氣，認命地來到被藤蔓倒吊的同伴身邊。

丹尼爾沒有拿出匕首割斷藤蔓，只伸手摸了摸藤蔓，它便像頭被馴服了的小狗

般乖乖鬆開阿諾德，還親暱地蹭了蹭精靈那隻修長漂亮的手。

因爲藤蔓鬆開而整個人摔到地上，阿諾德痛呼了聲，苦著臉揉了揉摔痛的地方，抱怨道：「就不能讓它溫柔一些地把我放下來嗎？」

丹尼爾睨了他一眼：「之前我不是已經告誡過你，不要踩到這些藤蔓了嗎？」

這些藤蔓是肉食性植物，會捕獵一些小動物來吃。一般體型並不大，像這棵長得這麼巨型的實在非常稀有。丹尼爾猜測，也許是因爲這座荒島獨有的環境所致。

因此早在接近藤蔓的捕獵範圍時，丹尼爾便已經告誡阿諾德要小心這些藤蔓了。雖然它們通常只會獵殺小動物，獸族並不在藤蔓的食用菜單上。但既然藤蔓可以長得這麼巨大，誰知道它是不是也會喜歡大型生物的肉呢？

何況這種藤蔓地盤性很強，所以丹尼爾才會早早提出要阿諾德小心，以免出現任何問題。

結果丹尼爾稍微離了阿諾德一會兒，阿諾德便被這些藤蔓攻擊了。

精靈族是天生的射手，他們有著老鷹般銳利的視線。在上前拯救阿諾德的同時，丹尼爾一眼便看到吊起阿諾德的藤蔓上有一枚鞋印……

這個人又把他的告誡左耳入右耳出了！

之所以說「又」，是因爲這已經不是第一次！

丹尼爾對叢林裡的各種植物瞭如指掌，輕易便能察覺到在看似和平的叢林中隱藏著的致命危險。偏偏他明明已經告誡過阿諾德，可這人卻總是會出現各種意外，最終還要丹尼爾趕來救援。

被丹尼爾的視線看得有些心虛，阿諾德弱弱地辯解：「我不是故意的……剛剛不小心滑倒，誰知道好巧不巧那些藤蔓就在旁邊……」

丹尼爾已經懶得再聽他解釋，冷哼了聲，便離開了阿諾德，繼續自己的工作。

雖然丹尼爾的表現很沒禮貌，然而阿諾德並沒有在意。畢竟對方剛剛才救了他，若是心感不滿，怎樣看也有些恩將仇報。

而且阿諾德這人沒臉沒皮慣了，素來很看得開。經過幾次救援後，在阿諾德看來，丹尼爾的冷眼已經不再可怕，甚至還頗爲有趣。

畢竟丹尼爾雖然總是一副很看不起他的模樣，但他出了什麼事，這人卻又會立即緊張兮兮地趕過來救人。

只短暫地相處過，阿諾德便把丹尼爾那種外表凶狠冷酷，然而別人出事卻完全無法袖手旁觀的性格試探出來了。

阿諾德這人本就不安分，做事又粗心大意。雖然他很聽話地包攬了絕大部分的勞動，但每隔一段時間總會出現各式各樣的意外，丹尼爾便要去救他。

不是招惹了不能招惹的動植物，便是腳不小心卡在石縫裡拔不出來之類。雖然每次事情都不嚴重，不過還是讓丹尼爾感到心很累。

丹尼爾已經分不清到底倒楣的人是阿諾德，還是每次趕著去救對方的自己了。

好想換隊友……

聽到丹尼爾幽幽地嘆了口氣，阿諾德綑綁木柴的動作一頓，道：「我覺得你在嫌棄我。」

心思被對方說中，丹尼爾面不改色地把身旁柴枝拿起，順道拍了拍阿諾德的肩膀：「自信一點，把『好像』二字去掉。」

阿諾德委屈地看過去，然而他一個壯漢的眼神再委屈也不萌，丹尼爾反而被他幽怨的眼神盯得起了一身雞皮疙瘩，便轉移話題，道：「回去吧。我們還要搭建木棚，再拖拖拉拉下去，太陽都快要下山了。」

說罷，拿著柴枝便往回走。

阿諾德聞言聳了聳肩，也把綑綁好的樹枝扛到肩上，尾隨著丹尼爾一起離開叢林。

原本丹尼爾與阿諾德二人已打算包攬所有工作，艾德與戴利只要乖乖待在營地別添亂就好。

然而當他們離開叢林、看到已煥然一新的營地時，卻發現他們有些小看人了。營區已搭好了兩頂帳篷，會使用到的用品全都擺放得井井有條。最讓丹尼爾與阿諾德驚訝的，是艾德正在縫製著一張又大又搶眼的布匹！

仔細一看，那竟然是一面有著幾種不同顏色、色彩亮麗的旗幟！

旗幟以幾塊布縫補而成，艾德在製作時顯然花了心思，特意選取了顏色顯眼的布料。可以預想這面旗幟掛起來會有多搶眼，能夠讓荒島外的人遠遠便能看見。

見丹尼爾與阿諾德回來，艾德加快了製作的動作，抬頭向他們笑道：「歡迎回來，辛苦你們了。」

說罷，艾德轉向一旁的戴利，微笑著向他示意。

戴利撇了撇嘴，一臉不情願地把早已準備好的兩杯飲料遞給了丹尼爾。

這動作有著戴利的小心思，要準備阿諾德的飲料已經讓他感到很不爽了，他絕對不要親手遞給那個討厭的人！

戴利驕傲地向丹尼爾說道：「這是我親手做的喔！」

曾經受戴利藥劑茶毒過的丹尼爾，聞言臉都白了。

一旁的阿諾德雖然沒親口嚐過戴利製作的藥劑有多難喝，但當初丹尼爾與艾德喝過藥劑後的痛苦反應實在讓他記憶猶新……

雖然這次戴利製作的飲料顏色比之前正常許多，是一種讓人看著很舒服的淺淺綠色，可丹尼爾與阿諾德已經有了陰影，完全不敢對這杯看似平平無奇的飲料掉以輕心呀！

誰知道在這平凡的外表下，是不是有著震撼人心的內涵？

丹尼爾默默把視線投往艾德，他可沒漏看是艾德讓戴利把飲料給他們的。心想什麼仇什麼怨，竟然要這樣害他？

艾德有點壞心眼地欣賞夠了丹尼爾與阿諾德忐忑不安的神色後，這才笑著解釋：「這是戴利特意爲你們調配的消暑飲料，味道很不錯喔！」

聽到艾德的話，戴利頓時炸毛了：「我才沒有特意爲他們調配！這是我自己想喝，給他們只是順便而已！」

戴利心想：我可還沒原諒阿諾德呢！才不會特意爲他做任何事情！

艾德立即順毛摸：「對對對！我說錯了，戴利才不是特意爲你們調配呢，只是看你們可憐分一些給你們，你們要心存感激呀！」

戴利聞言頓時高興了起來，挺起胸膛道：「嗯！你們要心存感激！」

丹尼爾把其中一杯飲料遞給了阿諾德，很配合地頷首道：「謝謝！」便仰首把飲料喝下。

丹尼爾已經把飲料喝了，然而阿諾德還在猶豫。老實說，雖然艾德保證這飲料的味道不錯，而且丹尼爾喝了以後也神色如常，但阿諾德依然不想喝啊！

實在是心理陰影面積太大了……

可是他又不能不喝，雖然戴利總說飲料不是爲他們調配，但誰都看得出孩子的口是心非。

阿諾德相信，要是他眞的拒絕這杯飲料的話，戴利一定會生氣得一輩子也不原諒自己。

阿諾德心裡閃過眾多念頭，就像有兩個抱持相反意見的小人在心裡碎碎唸了一番，聽誰的話都覺得有理。

反正與這孩子也只是萍水相逢，獲救後他們便會分開，誰管他到底怎麼想呢！

可是……這終究是孩子的一番心意，拒絕的話會不會太無情？

最終阿諾德下定決心，在戴利生氣以前仰首把飲料喝下。

艾德沒有騙他們，飲料的味道眞的很不錯。喝進口裡後便嚐到一股很清新的青草味道，隨之而來的便是像薄荷般的清涼感。

阿諾德頓覺精神一振，之前因爲勞動所產生的酷熱與疲憊，也隨著這股涼意而消散不少。

喝了一杯以後，阿諾德還想要續杯，然而戴利卻拍開了他的手：「不行！這草藥不能多喝。一會你們把木棚搭好以後，再喝一杯吧。」

艾德見狀遞上了縫好的旗幟，笑道：「到時候麻煩你們幫忙把旗幟掛起來了。」

丹尼爾與阿諾德對望一眼，便開始了搭建木棚的工作。

精靈族崇尚自然，平常都住在樹屋裡。他們居住的樹屋都是自己親手所建，因此對於丹尼爾來說，築起一座遮擋太陽的木棚實在不值一提。

至於阿諾德，雖然他怕死、身手又差，但體力卻絕對是好得沒話說。有丹尼爾的

建築技巧加上阿諾德貢獻勞力，很快便搭好了一座木棚，並在棚上加了一條木柱，把艾德準備的旗幟掛在上面。

此時一陣風吹過，鮮艷的旗幟隨風飄揚，在夕陽下搶眼奪目得很。

大家都不由自主地抬頭看向旗幟，來到荒島後，眾人各司其職，摒除成見、互相幫助的狀況，倒是有幾分團隊的樣子了。

結果大家和和氣氣地吃了乾糧當晚餐，到了晚上要睡覺時，戴利與阿諾德又因爲帳篷的分配問題而發生爭吵。

原本以眾人的體型來分配的話，最瘦小的戴利與最魁梧的阿諾德同一頂帳篷，另外一頂則由艾德與丹尼爾一起，是最爲適合的。

偏偏聽到要與阿諾德同住後，戴利卻又吵鬧了起來：「不要！死也不要！」

原本因爲戴利這半天懂事的表現，丹尼爾對這個熊孩子改觀了不少。想不到到了晚上他又再吵鬧起來。

艾德心裡明白戴利的失望與憤怒，他想著自己體型較瘦，也許去與阿諾德一起擠一擠就好。

然而艾德願意讓步，丹尼爾卻不願意慣著小孩。

他也知道戴利對阿諾德有心結，然而大家都淪落到荒島了，就不能乖乖地不要鬧嗎？

只見丹尼爾冷酷無情地對戴利說道：「我尊重你的決定，既然你不願意與阿諾德一頂帳篷，那就睡在外面吧！」

說罷，丹尼爾便拉著艾德進帳篷去了，徒留阿諾德與戴利兩人在火堆旁邊面面相覷。

阿諾德之所以還不睡，是因爲他與丹尼爾輪流負責守夜。至於還是小孩子的戴利與身體不好的艾德，則豁免了這項工作。

因此這時候阿諾德還不能去睡的話……就很尷尬了……

老實說，阿諾德很贊成丹尼爾的決定，雖說更換帳篷是很簡單的事，然而熊孩

子不能慣著。要是他們這次退縮，戴利絕對會順著竿子往上爬。別眞以爲小孩子都是天眞無邪，他們最會得寸進尺了。

只是現在丹尼爾與艾德進了帳篷，獨留他們兩個大眼瞪小眼，氣氛不尷尬也不行了。

看了看氣鼓鼓的戴利，阿諾德移開視線，假裝這人不存在。

戴利知道丹尼爾是鐵了心不讓自己換帳篷，偏偏戴利也不敢像對著艾德與阿諾德那般去鬧丹尼爾，只得自顧自地坐在外面生氣。還賭氣地想著自己寧願在外面待到天亮，也絕對不會妥協！

太陽下山以後氣溫下降得很快，他們紮營的地方在海邊，風就更大了。阿諾德原本打算一直無視戴利，然而孩子即使裹著毛毯也冷得止不住發抖，阿諾德實在無法裝作沒看到。

「你還是進去帳篷睡吧，別嘔氣了。」阿諾德好心地勸解。

偏偏戴利硬氣得很：「不用你管！我就算冷死，也不與你睡同一個帳篷！」

見孩子一副要從容就義的模樣，阿諾德只覺得很無言：「……隨你喜歡吧。」

過了一會，戴利冷得開始打噴嚏，阿諾德忍不住再次出聲：「冷就進去睡吧。」

戴利依然堅持：「不要！」

我才不回去呢！

我要讓你們看到我的決心！

阿諾德實在覺得戴利莫名其妙，小孩子這種生物都是這麼難以理解的嗎？

結果戴利坐著坐著便打起了呵欠，然後漸漸因爲睡意而睜不開眼睛。

當丹尼爾起來與阿諾德換班時，見戴利已睡得很熟，整個人癱軟地睡成了妖精餅。孩子身上蓋著兩張毛毯，睡得雙頰紅彤彤的。

相反地，把自己的毛毯讓了給戴利的阿諾德，卻冷得臉都白了。

見丹尼爾出來，阿諾德一副得救的表情，哆哆嗦嗦地便要回帳篷補眠。

然而丹尼爾喚住了這個吹了半晚冷風的可憐男人，他指了指睡得四仰八叉的戴利，道：「你忘記東西了。」

阿諾德想起之前戴利那副死也不願意回帳篷的模樣，要是他擅自把人帶進去，這個死小孩明天睡醒後還不吵翻了天？

不過任由戴利繼續睡在外頭也不是辦法，總不能眞讓他在外面過夜。阿諾德煩躁地抓了抓頭髮，最後還是認命地把戴利抱到帳篷裡。

戴利睡得像頭小豬似的，沒有絲毫警惕心，被阿諾德抱起來也完全沒有被驚醒的跡象，在男子懷裡呼呼大睡。

看到對方這副不設防的模樣，讓自從來到荒島後看到戴利便頭痛的阿諾德，覺得對方乖巧不刺人的時候還是挺可愛的。

06.
搜救

時間退回稍早以前，海巡船的眾人合力擊退了海妖以後，在檢視這次戰鬥的損失時，發現有一些船員失蹤了，立即開始了拯救與搜索。

這些失蹤的要不是受到海妖歌聲的引誘，要不便是在暴風雨中失足落海，或者在戰鬥時直接被海妖拖進水裡。

經過打撈、搜尋後，他們終於找到了一些落海的同伴，可惜生還的人不多，更多的是同伴的屍體……或者是屍塊。

那些慘遭海妖毒手的死者屍體大都拼湊不出完整人形，不少部分已經進了海妖的肚子。看到同伴們死狀淒慘，眾人情緒都很低落，但因爲有些失蹤的人還沒找到，只得強打精神繼續進行搜救的工作。

這些失蹤的人之中，包括了艾德、丹尼爾、戴利與阿諾德。

「不行，還是找不到他們。」多次自告奮勇下海搜索的埃蒙，在新一輪搜救無果後再次返回海巡船。

貝琳連忙上前把毛毯蓋在埃蒙身上，看到弟弟冷得嘴唇都白了，她心疼地嘆了口氣，然而想到失蹤的同伴，卻無法勸對方別這麼拚命。

布倫特帶著雪糰上前，聽到埃蒙仍是一無所獲，雪糰失望地啾啾哀鳴了幾聲。

戰鬥發生時，察覺到不妥的艾德把雪糰留在房間裡。結果這小傢伙安穩待至戰鬥結束，卻就此失去了主人的蹤影。

「依然無法感應到艾德的位置嗎？」布倫特詢問。

雪糰很人性化地搖了搖頭，看起來愈發沮喪。

艾德與雪糰一直有著一種神祕的連繫，他們能夠感應到彼此的存在。布倫特猜測雪糰現在之所以感應不到艾德所在的位置，也許是因爲彼此之間距離太遠，又或者是因爲對方已經……在這場戰鬥中犧牲了。

布倫特暫時不去想後一個的可能，他知道要是他們放棄的話，那麼艾德他們這才是眞的要完蛋。

可惜他們心裡再焦急還是找不到人，隨著夕陽西下，海軍也決定暫停搜救行動。

這是在阿諾德失蹤後，成爲了海巡船領導者的副官特瑞西所下的命令。他向冒

險者們解釋：「天黑以後能見度太低，人泡在水裡也更容易失溫，繼續搜救的危險性太高。」

布倫特明白對方言之有理，雖然他們很想盡快找到失蹤的同伴，但總不能冒著危險來搜尋。

頷首表示理解，隨即布倫特便詢問特瑞西明天的搜救計畫。

特瑞西道：「附近水域都已搜索過，明天繼續下去可能也不會再有新發現。如果阿諾德他們還活著，那很有可能是漂到一些可以暫時落腳的地方，比如不明的岩礁或荒島之類，又或者在海中遇上其他船隻被人救起……我有注意過暴風雨消失時海流的流向，他們很有可能被海浪捲向這個方向。」

說罷，特瑞西指向漆黑大海上的其中一個方向：「我們已經讓船員往這方向航行，如果明天還是找不到人的話……那很抱歉，我們還有任務在身，傷者也得盡快靠岸才能獲得更好的治療，不能在搜救上花費太多時間。」

特瑞西雖然沒有明說，可是他想要表達的意思很明顯——明天還找不到人的話，那麼他便要放棄尋找那些失蹤的人了。

布倫特當然明白海軍也有自己的任務，不能無止境地進行搜救。尤其這次在巡邏中遇上海妖的襲擊，他們更要盡快靠岸，除了安頓傷者外，還得向沿岸城鎮匯報海妖出沒的事情，好讓相關人等能做好防護。

只是……

布倫特直視特瑞西，詢問：「我可以信任你的判斷，對吧？」

布倫特的性格老實又正直，可卻不代表他完全不了解人性的黑暗。

如果沒有阿諾德，眼前這個明顯比阿諾德出色得多的青年也許便不須再屈居人下。他可以在阿諾德死亡後上位，直接晉升成這個海巡隊的隊長，而不是委屈自己當阿諾德的副官。

這讓布倫特不得不懷疑特瑞西在搜救過程中會不會使壞，他是真心想要找到阿諾德嗎？

現在特瑞西是海巡隊的代理隊長，是這裡權力最高的人。要是特瑞西不想找到

阿諾德，要在搜救過程中從中作梗實在太容易了。

別的不說，光是他指引出來的海流方向，冒險者們便完全無法分辨眞僞。特瑞西不須多做什麼，他只要指出一個錯的方向，讓大家錯過拯救阿諾德的機會，便能把這個壓在他頭上的石頭踢走。

可這麼一來，也讓失蹤的艾德幾人失去了獲救的可能。

布倫特可以接受同伴因戰鬥而犧牲，卻無法容忍他們被別人的陰謀詭計計算！

看到布倫特嚴肅的神情，特瑞西也收起了客套的微笑，認眞說道：「當然，我一定會盡全力去搜救失蹤的同伴。」

說罷，特瑞西想了想，也明白布倫特在顧忌什麼。他覺得自己至少應該坦白一些，說些眞話來讓對方放心，便道：「你們應該也能看出來，阿諾德雖是我們的長官，但這船上的事情都是我說了算。」

布倫特等人想不到特瑞西會這麼坦白，畢竟「買軍職」這種事雖是職場上不少見的狀況，可是卻不會有人把這種事情放到明面上來講。然而特瑞西就這麼說出來了，眾人都有些驚訝。

特瑞西解釋：「阿諾德的父親是熊族長老，那位大人的確位高權重，但在族裡也不是能夠隻手遮天的，何況是在遠離熊族的各族聚居地？我們是眞心接納阿諾德成爲長官的，他人很不錯，平常不難相處，而且不會不懂裝懂地插手我們的工作。最重要的一點是……我們眞的挺缺錢的。」

特瑞西與阿諾德同樣來自熊族，然而兩人身分卻天差地別。阿諾德是熊族長老之子，特瑞西卻從小喪父，養大他的母親又患了重病，年紀輕輕便要爲錢而發愁。

全靠熊族長老承擔了他母親的醫藥費，並且爲她找了一個好醫生，特瑞西這才能夠安心外出闖蕩。因此特瑞西是自願讓阿諾德騎到頭上的，就當是償還這份恩情。

特瑞西道：「長老幫我照顧母親，我幫他照顧笨蛋兒子，這是你情我願的買賣，沒什麼好不甘心的，所以你們不用多想。」

冒險者們：「……」

對方實在太坦白了，讓他們不知道做出什麼反應才好。

看到布倫特等人的表情，特瑞西雖然因爲同伴的犧牲而心情不佳，但也忍不住展顏道：「反正這都已經是公開的祕密，沒什麼不可說的。何況有關阿諾德花錢買官位的事情，我相信即使我不說，小姐與小少爺也是已有所聞了吧？」

被點名的埃蒙與貝琳對望一眼，皆點了點頭。

特瑞西笑道：「我與阿諾德的關係其實很不錯。而且阿諾德也不是眞的一無是處，他熊族長老兒子的身分可以給予我們不少便利。所以你們可以放心，能夠選擇的話，我們還是很樂意當阿諾德的部下，當然也非常關心他的安全。」

特瑞西坦誠的話讓冒險者們放心下來，他們看得出對方說的是眞心話。

那麼現在他們能夠做的，便是好好地休息，爲明天的搜救行動做好準備。

艾德並不知道海巡船上的同伴爲了搜救而做出了諸多努力。被困在荒島的他早早便醒來了，打著呵欠的他走出帳篷，便見負責守夜的丹尼爾正眺望著大海。

艾德的視線不由得也投放到大海上，以前艾德雖然曾多次跟隨教廷的部隊外出行醫，可卻從未到過臨海城鎮，因此對於大海的印象都是從他人口中，以及書上的描述得來。

現在的艾德雖已沒有了初見大海時的雀躍與新奇，然而每次看見海面那一望無際的水平線，還是讓他感到震撼。在感受到世界遼闊的同時，也感受到自己的渺小。

「情況如何？」艾德詢問。

半夜一直很盡責守衛營地的丹尼爾，淡淡說道：「暫時不見有任何船隻經過。」

丹尼爾說這話時語氣淡淡的，沒有表現出任何負面情緒，聽起來完全不爲海巡船沒有找來而失望。對方淡定的態度感染了艾德，讓原本有些失落的艾德也生出了一種「這沒什麼大不了」的感覺。

仔細想想，他們還未窮途末路。雖然昨天沒來得及探索整座荒島，只是叢林裡已確定有淡水水源。至於食物方面，他們至少能夠到海裡捕魚。也就是說，即使海巡船找不到他們，他們要在這裡活下去並不算困難。

只要能夠活下去，便擁有希望。即使海巡船沒有找來，說不定也會有其他船隻經過呢？

現在沮喪實在言之過早了。

重新振作起來後，看著身旁從空間戒指取出乾糧、自顧自地吃著早餐的丹尼爾，艾德關心地詢問：「時間尚早，你不回帳篷補眠嗎？」

丹尼爾其實有些不想理會艾德，至今他仍是對對方的人類身分很介意，因此丹尼爾對艾德一直顯得很疏離，平常也不太與他交流。

不過以丹尼爾孤僻又粗暴的性格，他對待其他同伴的態度其實也沒有多溫和就是了。

雖然不想理睬艾德，只是見對方眞心實意地擔心自己，丹尼爾還是勉強壓下對人類的不喜，略顯冷淡地說道：「沒事。」

然後又覺得自己的話好像有些冷淡，再補充道：「冒險的旅途中，很多時候會出現長時間無法睡覺或須要保持警戒、持續戰鬥的時刻。我進行過這方面的訓練，能夠從短暫的睡眠中獲得充分休息，即使連續兩天沒睡也能維持足夠的清醒。現在我們初到荒島，我還是想盡快了解清楚這座島上的狀況。」

既然丹尼爾這麼說，艾德便沒有再勸了。

艾德對於丹尼爾口中的訓練有些興趣。心想如果他也能像丹尼爾那樣可以幾天不睡覺，在出事情的時候是不是就更能夠幫得上忙呢？

不過仔細想了想後，艾德還是放棄這個想法了。

先不說人類與其他種族體能的差異——這點艾德在暈船時已深有所感。光是以艾德的身體狀況，別說幾天不睡覺，像丹尼爾與阿諾德那般大半天不睡地在外面吹冷風守夜，說不定早已大病一場。

艾德默默打消詢問丹尼爾訓練內容的想法。

算了，他還是別去添亂得好。

艾德與丹尼爾憐惜戴利年紀小，打算讓對方多休息，反正即使他願意幹活，人小力弱的他能幫的忙也不多。

然而阿諾德這個重要的勞動力就沒有戴利的好待遇了。艾德看阿諾德遲遲沒起

床，便乾脆進去帳篷搖醒他，好讓他起來一起幹活。

結果阿諾德這傢伙有起床氣，直接用被子蓋住了頭，還罵咧咧地就是不願意起來，鬧得把旁邊的戴利都吵醒了！

戴利瞇著一雙金綠眼眸坐起，軟軟的頭髮有幾束翹了起來。戴利這副軟萌的模樣看得艾德心頭一軟，摸了摸孩子的頭，哄道：「時間還早，你繼續睡吧。」

其實已經醒來，可完全不想起床的阿諾德，聽見艾德的話後，大呼著不公平：「混蛋！既然時間還早，爲什麼你要拍醒我？我也想多睡一會兒啊！」

戴利迷迷糊糊地看了看艾德，然後又看向睡在他身旁仍在罵著不願起床的阿諾德。孩子的眼神漸漸清醒，並隨之變得凶狠起來。

「這個討厭的傢伙爲什麼會睡在我旁邊⁉」戴利生氣地興師問罪。

被戴利質問的艾德懵了。

他不知道呀！

其實艾德睡醒時還在納悶，戴利昨晚明明還吵鬧著不願與阿諾德睡在一起，怎麼他醒來時已經看到二人和平地共用一頂帳篷了呢？

結果現在還被戴利質問，艾德心想：你這個當事人都不知道的事，那我就更加不清楚了啊！

然而如果屁孩會講道理，那就不會被人說是熊孩子了。

戴利才不管艾德到底是否知情，其實他的質問也只是爲了表達自己的不滿，並不是真的想要答案。

戴利不在乎艾德的回答，想到自己最後還是進了帳篷，那昨晚的努力豈不是白費了嗎？戴利頓時悲從中來，哇的一聲大哭了起來。

阿諾德原本還在努力催眠自己繼續睡下去，結果戴利在旁邊大哭大鬧，要是他還能睡得著的話，那麼他就是個死人了。

滿滿的起床氣讓阿諾德原地爆炸：「哭什麼哭？我被你吵醒還沒有哭呢！」

艾德一臉黑線：「不……即使沒有戴利吵你，你也應該要起來了。」

阿諾德聞言竟然還要起了小性子，一副「我不聽我不聽」的模樣，再次用被子蓋著頭，明明已經醒來了卻依然在裝死。

如果戴利耍小性子還能說可愛，那麼阿諾德一個大男人做出這種耍賴的舉動，只能讓人感到無言了。

艾德很無奈，並且決定換人來做。

於是很快地，進入帳篷裡的人變成了丹尼爾。

只能說一物治一物，丹尼爾這個粗暴的傢伙不好相處，但偏偏就是能夠讓阿諾德這個無賴及戴利這個熊孩子聽話。

過了一會，帳篷外的艾德便發現裡頭的哭鬧聲停止了，再一會，三人便陸續從帳篷中出來。

艾德沖了杯紅茶遞給丹尼爾，笑道：「辛苦了。」

雖然成功讓賴床的阿諾德起來幹活，只是經過今早戴利的哭鬧，他與阿諾德之間的關係似乎變得更加僵硬了。

之前只是戴利單方面找阿諾德的麻煩，然而經過剛剛的事件後，二人變得互看不順眼，誰也不服誰。

以阿諾德的角度來看，明明他是爲了戴利好才把孩子抱進帳篷，結果他的好意卻餵了狗……因此阿諾德也怒了，覺得自己的好意被人蹧蹋，不願意繼續遷就戴利的壞脾氣。

至於戴利，則是覺得他昨晚都表明了不願與阿諾德睡在同一頂帳篷的決心，誰知道阿諾德那傢伙竟然趁著自己不小心睡著，把他帶到了帳篷裡。戴利覺得自己白白辛苦了大半夜，他都要氣死了！

一個覺得對方不可理喻，一個則覺得對方乘人之危。二人誰也不願釋出善意，完完全全地相看兩厭啊！

偏偏在用過早餐後，大家在討論接下來的工作分配時，阿諾德與戴利都被分到了留守大本營的一方。

因爲不知道還要在荒島待多久，丹尼爾認爲他得要先完全了解荒島的情況。荒島的面積雖然不大，然而他們昨天沒有時間仔細查探，今天丹尼爾便決定再入叢林，

把整座荒島走一遍。

於是他們決定把四人分成兩組——一組留守大本營，並負責到海邊尋找食物。另一組則深入叢林，探索之前還未進入過的區域。

丹尼爾作爲自然界的寵兒，在叢林裡過得如魚得水，自然是進入叢林的不二之選。在決定另一個與他同行的人選時，卻有了爭議。

阿諾德因不想與戴利待在一起，因此自告奮勇地想要進入叢林。然而艾德也一直對叢林裡的環境很感興趣，要知道他都來到荒島一整天了，卻只待在營地沒有離開。難得今天醒來後燒退了，身體狀況也不錯，他早就想著今天要進入叢林看看。

艾德與阿諾德都想與丹尼爾一起進入叢林，不過他們卻不能獨留戴利一個小孩子在海邊。於是爭論過後，便決定由丹尼爾挑選同行的人。

結果丹尼爾選擇的，出乎意料地竟然是艾德。

阿諾德原本還理所當然地以爲丹尼爾一定會選擇自己，畢竟誰都知道混血精靈丹尼爾很討厭自己身上的人類血脈，同樣也非常憎恨人類。

想不到丹尼爾竟然選擇了艾德，這讓阿諾德大惑不解，忍不住不服氣地詢問：「爲什麼你要選艾德？」

「我沒有偏向誰。」丹尼爾睨了他一眼，不耐煩地皺起了眉，冷聲解釋：「今天只是要進行叢林的探索，以艾德的體力也能勝任。相反地，在海邊頂著太陽捕魚，體力流失更大，加上艾德根本不懂得游泳，還是你留下來比較適合。」

說到這裡，丹尼爾不耐煩的情緒更甚，簡直滿滿都是怨念：「何況要不要我數給你聽，昨天你到底因爲莫名其妙的原因要我救你多少次了？」

「噗哧！」這是戴利幸災樂禍的笑聲。

阿諾德：「……」完全無法反駁，而且還有些心虛。

丹尼爾見阿諾德不再反對，便與艾德一起收拾好所需行裝，進入了叢林探索。

07.
生死一線

在叢林中行走的丹尼爾，邊觀察著四周環境，邊在心裡讚歎著自己這次的英明決定。

雖然丹尼爾還是不太喜歡艾德這個人類，然而有比較有傷害，帶艾德實在比帶阿諾德省心多了。

即使艾德身體不好，行走間需要丹尼爾多加照顧，但至少對方沒有主動去作死啊！

就阿諾德那不停出事的體質，還有經常忍不住東摸摸、西碰碰的危險好奇心，要是沒有丹尼爾，昨天都足夠他死上十次了！

這麼一比較之下，丹尼爾即使得遷就艾德的步伐走慢一些，偶爾替他撥開阻礙行動的植物，也不是多大的事情了。

二人逐漸深入森林，來到了從未踏足過的區域，驚喜地發現到這片叢林面積雖然不大，但植物種類很豐富。其中有不少是非常有用處的，還發現了可食用的植物。

丹尼爾嗖嗖地射出兩箭，輕而易舉地射下了兩顆椰子。二人喝著椰子汁繼續前進，簡直就像在郊遊一樣。

當他們把叢林探了一遍，並且成功穿過叢林來到荒島的另一側時，時間已來到正午。

一路過來，荒島上完全沒有任何文明殘留的痕跡，顯然這座荒島是個未被發現過的地方。不過二人對此早有心理準備，倒是沒有太大的失望。

走了這麼久，中午氣溫開始變得炎熱，沒有遮擋物的海岸陽光很猛烈，二人便沒有在海岸逗留太久。他們決定先找個陰涼處吃午餐，補充一下體力後再折返回去。

兩人在叢林裡摘了些水果，再加上空間戒指中存有的乾糧，這便是他們今天的午餐了。

「不知道阿諾德他們抓不抓得到魚呢？」昨天的晚飯、今早的早餐，再加上現在這一頓，已經是艾德第三餐以乾糧充飢了。雖然這一餐除了乾糧外還有水果可吃，但艾德還是想吃肉了。

由剛剛探索的結果，他們已經確定叢林裡不僅沒有猛獸，就連野兔這種適合捕

獵的小動物也沒有看見。

也就是說，如果他們想要吃肉，海產是他們暫時唯一的選項了。

丹尼爾沒有回答艾德這話，他實在對阿諾德與戴利這個組合不抱期望，心裡只是很卑微地祈求他們別再作死搞事情就好。

艾德對同伴的沉默不以爲意，他本就只是自言自語地感慨一句，見丹尼爾不說話，艾德邊默默吃著手上的乾糧，邊眺望大海的景色。

海灘的白沙上散落了一些貝殼與珊瑚碎片，海浪充滿節奏感地一下下拍打到海灘上。

遠處則是一望無際的地平線，海面泛著天空的蔚藍色。海天一色，是一副讓人心曠神怡的美麗景色。

「眞美呀……」

聽到艾德讚歎的聲音，丹尼爾疑惑地往艾德看去，便見對方一雙紫藍色的眼眸映照著大海的景色。丹尼爾恍然間好像看到一片紫藍色的海洋似的，柔和又美麗得不可思議。

丹尼爾移開了視線，與艾德同樣看向大海，淡淡地應了聲：「嗯。」

此時被艾德寄予厚望的阿諾德與戴利，卻是努力了半天也沒有漁獲。

這兩人削尖了樹枝做成魚叉，興致盎然地跑到海裡捕魚，還鬥志昂揚地表示要以漁獲來分個高下。

那時候，他們都很天真地覺得海裡有很多魚，而且看起來都不怕人，還在他們腳邊游泳，要抓到牠們應該一點兒也不難。

結果隨著太陽愈升愈高，氣溫愈來愈熱，他們的漁獲也依然是可憐兮兮的零。

很快地，戴利便受不了，丟下魚叉跑到木棚下納涼。他自個兒放棄也罷了，偏偏這孩子還要瞎指揮，在阿諾德抓魚的過程中，不停發出各種意見。

「右邊！右邊呀！」

「現在是左邊了……牠又游到右邊啦！」

「哎呀！又沒中，你眞沒用耶！」

「那邊有很多魚呢！要不你過去試試？」

「噢！還是沒有中！」

明明阿諾德身邊有很多魚游來游去，然而每次魚叉叉進水裡時，那些魚都像有異能似地瞬間消失。

水面折射的倒影與水光晃得阿諾德頭都暈了，頭上的太陽更是曬得他汗流浹背，再加上長時間彎腰找魚的動作令他腰痠背痛，阿諾德的心情愈發糟糕了。

偏偏躲到陰涼處的戴利還邊納涼邊瞎指揮，相較起來，更顯得辛苦工作的自己可憐了。這讓本就因爲抓不到魚而感到很煩躁的阿諾德深感不爽，他生氣地丟下魚叉，氣勢洶洶地走向戴利。

戴利就是隻紙老虎，見阿諾德眞的生氣，身邊又沒有可以護著他的人，原本氣焰囂張的他頓時萎了。

「你、你不可以打我啊！欺負小孩子算什麼好漢……」

在戴利虛張聲勢的警告聲中，阿諾德走到了木棚下的休息處，拿起一份艾德留下來給他們的乾糧後，便頭也不回地返回帳篷，吃完東西後倒頭就睡。

誰愛做事誰去做！我不幹了！

戴利漲紅了臉，既爲阿諾德惡劣的態度而生氣，又因爲自己剛剛認慫的模樣而困窘。

過了一會，走進帳篷中的阿諾德也沒有出來找他算帳的意思，戴利這才小聲罵道：「又不是我想說你，分明是你太沒用！」

說罷，戴利還有些緊張地盯著帳篷一下，確定了裡頭的人聽不見他的小聲嘀咕後，便一副挽回了面子般的模樣「哼」了聲。

見阿諾德躲在帳篷裡呼呼大睡，戴利也有些睏了。平時他就有午睡的習慣，吃完午餐後更是想睡。揉了揉眼睛，戴利也決定放棄捕魚的任務，先睡飽再說。

只是戴利不想回到有阿諾德的帳篷，想著反正丹尼爾與艾德不會這麼早回來，戴利雙目機靈靈地一轉，便爬進了另兩名同伴的帳篷中午睡去了。

戴利不知道自己睡了多久，醒過來後頓覺精神飽滿，然後想起他們停滯不前的工作進度又有些心虛。

戴利想了想，還是決定在丹尼爾與艾德回來前再努力一下吧！

有著同樣想法的顯然不只戴利一人，因為當戴利從帳篷出來時，發現被他放在休息處的魚叉不見了。

戴利探頭進去他與阿諾德的那頂帳篷，果見阿諾德已經不在裡面。

「自己的魚叉亂丟，卻拿了我的……」戴利碎碎唸地抱怨著，邊往大海走去。然而卻不見阿諾德在海邊捕魚，海邊除了戴利便沒有任何一人。

幸好沙灘上的腳印讓戴利知曉了阿諾德的去向，雖然有些腳印已被海浪抹去，但憑著中間斷斷續續殘留下來的印子，還是讓戴利猜到了阿諾德前進的方向。

找人途中，戴利還看到了海浪退去後從沙中露出來的魚叉。之前阿諾德直接把魚叉丟棄在海水裡，結果被海浪沖到了岸邊。

此時魚叉已有大半埋在沙中，只剩尖銳末端露出沙面，要不是戴利及時看到，差點便一腳踩下去了！

「真是太危險啦！」戴利後怕不已地把魚叉從沙中撈出，打算找到阿諾德後好好罵他一頓。

跟隨著阿諾德前進的方向繼續走，戴利來到了沙灘盡頭處的礁石堆。到了此時，戴利依然不見阿諾德的蹤影，想了想，便爬上了礁石堆，再往前走去。

這些礁石已被海浪沖刷得非常濕滑，而且有些石頭對戴利來說太巨大了，令他行走困難。

與石頭表面的光滑相反，礁石旁那些長期被浸在海水中的位置，以及一些石與石之間的狹縫，則長滿了各種藤壺。這些藤壺的外殼全都很鋒利，讓戴利行走時更得要小心翼翼。

即使如此，戴利還是不小心滑倒了。不僅手中的魚叉掉進水裡，還被藤壺割傷了腳跟。鮮紅色的血液頓時流到海水裡，令清澈的海水浮現淡淡的紅，隨即又隨著海流而消散不見。

此時戴利已走到礁石之中，有些進退兩難。想了想，他咬牙決定繼續前進。

戴利搖搖晃晃地走在這些礁石間，同時邊走邊呼喊著阿諾德的名字。

阿諾德循著呼喚聲走來，看到戴利竟然走到了礁石堆上，頓時被嚇了一跳：「你站在原地不要動！」

隨即阿諾德大步流星地趕了過去，拎小貓似地便要把戴利帶回營地。

察覺到阿諾德的意圖，戴利頓時不安分了。

開什麼玩笑!?

我這麼辛苦地走過來，路都走一半了，你現在要把我拎回去？

戴利立即邊掙扎邊抗議道：「我不要回去！我要去看看你剛剛跑到哪裡去玩，還在那裡待這麼久！」

阿諾德拿戴利沒轍，只得帶著對方前往他不久前發現的岩洞。心想之前還那麼不待見自己，現在有需要時倒是又理直氣壯地指揮起自己來，小孩子真是蠻不講理的生物。

那是一個位處於淺水處的岩洞，洞口很狹窄，是只能讓一個成年人通過的寬度，這讓阿諾德抱著戴利通過時顯得有些勉強。

戴利看到這處隱蔽的洞口，頓時雙目一亮：「裡面有什麼？有海賊留下的寶藏嗎？」

阿諾德心裡想著小孩子眞是異想天開，他先把戴利放到他之前撿的貝殼與海螺堆旁邊，並彎腰拾起什麼東西，握在掌心遞給了戴利：「給，寶藏。」

戴利好奇地張開雙手把東西接過來，看到阿諾德送給他的東西時，頓時驚喜地「嘩」了一聲。

阿諾德送給戴利的，是數顆形狀不規則的小珍珠。

發現這個岩洞的同時，阿諾德還發現裡頭有不少可食用的海螺。他想著反正抓不到魚，不如撿些海螺回去交差吧！

結果撿海螺時看到有貝殼，便順手撿了起來。將這些貝殼打開一看，便獲得了這幾枚小小的珍珠。

這些珍珠外形並不圓潤，光澤也不夠，而且體積又小，根本值不了多少錢，於是阿諾德便乾脆用來逗戴利這個未曾見過珍珠的小孩子。

這幾枚小珍珠成功讓戴利笑逐顏開，還以爲眞的獲得了海盜的寶藏。

看著戴利天眞無邪的可愛笑容，阿諾德突然覺得這個孩子笑起來的時候還是挺可愛的。

「好了，既然你已經進岩洞看過了，那我們就回去吧！」阿諾德道。

這一次戴利沒有反對，獲得了「寶物」的他變得非常乖巧好說話。

然而阿諾德抱著戴利要離開時，卻發現他這個決定下得太遲了。

一隻有著尖銳利爪的手突然從水中伸出，抓住了阿諾德的腳！

阿諾德完全來不及做出反應便摔倒在水中。那一瞬間，阿諾德的視線對上了一雙沒有感情的眼瞳。

是海妖！

爲什麼海妖會出現在這裡!?

阿諾德的腳踝被海妖抓出了深可見骨的傷痕，並在纏鬥中又新增了一些傷口。此時他已經顧不得痛楚了，推著戴利一起拚命往岩洞裡逃去。

幸好愈往岩洞內部走去，海水便越淺，到了裡面則是沒有海水的陸地，這大大減弱了海妖的活動能力。

海妖嘗試爬上陸地抓他們，阿諾德連忙拿起魚叉反擊，戴利也撿起地上的石頭與海螺擲向它。

海妖吃痛之下只得返回水裡，然而從水中偶爾泛起的波紋，卻能看出它沒有離開，而是守在了洞口。

過了一會，海中傳來陣陣美妙的歌聲，這是海妖的誘惑之歌。只是這次阿諾德與戴利正繃緊著神經警戒，這歌聲再也無法影響他們了。

海妖眼見歌聲沒用，便再嘗試撲到岸上，想把二人拉進水裡。然而阿諾德與戴利都能及時反擊，沒有讓海妖得逞。

幾次後，海妖似乎終於放棄上岸了，卻一直待在水裡徘徊不走。

岩洞裡很昏暗，阿諾德與戴利只能依靠洞口投射進來的微弱光線視物。雖然不太能確認海妖的位置，然而卻肯定它一直沒有離開。

被海水浸過的傷口傳來陣陣劇痛，看到阿諾德渾身是血，被海妖重傷的右腳尤其慘不忍睹，戴利嚇得哭了起來，反倒是受了重傷的阿諾德還有心情開玩笑：「現在我跟你一樣，腿都廢掉了呢。」

戴利下意識地反駁：「我只是割傷了一道小口子而已，腿才沒有廢掉！」

說罷，戴利想到什麼似地臉色變得煞白。

他突然想到，聽說海妖特別喜歡吃小孩子，小孩子的鮮血也對海妖有著特別的吸引力。

所以這隻海妖之所以會找來這裡，該不會是因爲……被他之前在礁岩區不小心割到、流落海中的血所吸引吧？

阿諾德不知道戴利腦中所想，只是看到孩子一張小臉都白了，以爲他被嚇到，便安慰道：「我想丹尼爾與艾德應該快要回到營地了，他們發現我們不在，一定會來找我們的，我們只要堅持到那個時候就可以了。」

戴利滿心歉疚，卻也不想阿諾德擔心，他抹乾臉上的眼淚，點了點頭：「嗯！」

二人懷著希望地等待，然而很快地，他們便發現自己的想法太天眞了。

他們很可能等不到丹尼爾與艾德前來救援了。

只因隨著時間的流逝，海水漸漸上漲，洞穴裡能站立的陸地變得越來越小。

阿諾德不由得想到遍布在岩洞地面、那些不久前讓他撿得很高興的海螺，心裡滿是苦澀。

難怪洞裡會有這麼多海螺可撿，因爲這裡本就是一處在漲潮時會被海水淹沒的地方！

同時，海妖的按兵不動也有了解釋。

根據之前在海巡船上對海妖的了解，這可是僅憑指甲插入船身便可以爬上甲板的怪物呢！雖說在陸地上海妖行動不便，可這海妖都追著他們上到了沿岸陸地，阿諾德可沒想過能這麼輕易把它擊退。

一開始，阿諾德還以爲是因爲岩洞只有一個出入口，海妖認爲只要守住洞口，他們最終只能自投羅網，畢竟他們總不能一直待在洞穴裡。於是在最初幾波攻擊不成後，海妖便退回了海水裡守株待兔。

然而現在，阿諾德終於明白他們能夠輕易擊退海妖的原因——這是因爲海妖知道只要等到漲潮，海水便會淹沒岩洞，到時候便是海妖的主場了。

海水一點一點地上升，代表著海妖與他們的距離愈發地接近。

阿諾德與戴利已退到了岩洞最深處，他們背靠著岩壁，絕望地看著海水漸漸上漲。特別是阿諾德，右腿受了重傷的他想跑也跑不掉。

一直被他們寄予厚望的丹尼爾與艾德至今依然不見蹤影，阿諾德只能做出最壞的打算。

「戴利……我猜那隻海妖很快便會再次攻擊我們，到時候我會盡力拖住它，你就想辦法逃出去吧！」

阿諾德雖然經常自吹自擂地說自己是個英雄，可他知道自己從沒有捨己爲人的偉大想法。如果他的腿沒有受傷，這一次遇上危險，他還是能夠做出把戴利丟下逃跑的行爲。

誰的命不是命呢？

阿諾德自己也不想死啊！

只是現在他卻陷入了必死的局面，腿上的重傷斷絕了他逃跑的可能。心裡被絕望吞噬，反而讓阿諾德生出保護戴利的決心。

既然自己註定活不了，那……就斷後爲戴利爭取逃跑的機會吧。

至少……讓自己的死變得有意義！

不待戴利回答，海妖便已忍不住再次發動攻擊！

強壯有力的尾巴用力一甩，海妖便躍上了水面，此刻海水已快要上漲到阿諾德與戴利腳邊，因此海妖一上岸直接就來到了二人面前。

海妖張開滿布利齒的嘴巴，向二人做出了威嚇，此時誰也不會再覺得那張美艷女子似的容貌很美麗了。

阿諾德推了戴利的背部一下，示意他立即往外逃跑！

戴利感覺到阿諾德接觸他背部的手正在顫抖。

他也是……很害怕的啊……

戴利從未像現在這樣感受到，原來自己所以爲的理所當然的保護、原來自己所認爲的無所畏懼的英雄，其實都是不存在的。

同時他也終於明白當初艾德對他所說那番話的意思了。

沒有誰，理所當然地應該豁出自己的性命去救別人的。

這個世界上，哪有這麼多捨己爲人的英雄呢？

因此戴利不應該在遇到危險的時候，單方面期待別人。遇到危險的時候，最能夠依靠的人就是自己。

所以，他現在所能夠做的事情是……

08.
獲救

阿諾德不知道戴利心裡閃過的各種想法，他手握著魚叉，雙眼一眨也不眨地盯著海妖，全神貫注地警戒著海妖的一舉一動。

果然，在感受到身邊孩子溫暖的體溫驟然遠離的同時，便見海妖發出了怒吼，往逃跑的戴利撲過去！

阿諾德連忙握著魚叉攻擊海妖，爲戴利爭取時間！

強壯的熊族獸人與爪牙尖銳的海妖，他們就像兩隻爭奪地盤的猛獸纏鬥起來，每一招都衝著殺死敵人而去！

海妖魚尾的鱗片非常堅硬，有著高強的防禦力，然而它的上半身卻沒有魚鱗覆蓋，尋常武器也可以弄傷它。阿諾德這一擊瞄準了海妖揮向戴利的爪子，狠狠貫穿了它的掌心，令海妖發出一陣刺耳的痛聲尖叫。

但不待阿諾德乘勝追擊，海妖已尾巴一甩，把阿諾德整個人拍飛出去！

受傷讓海妖變得瘋狂，力氣似乎也更大了，被它一尾巴拍到岩壁的阿諾德吐了一口鮮血，倒在地上動彈不得。

海妖生氣地拔出釘在手心的魚叉，反手舉起魚叉便要插向阿諾德！

它捨棄了爪牙，選擇用敵人的武器來殺死對方！

阿諾德絕望地閉上了雙目。

就在他引頸就戮之際，海妖的攻擊卻突然產生了偏移，最後魚叉沒有擊中他，只刷過他髮梢，然後掉落在地。

耳邊聽到海妖的嘶吼聲，不知道什麼時候折返回來的戴利正握著魚叉從背後偷襲海妖，尖銳的魚叉深深插入海妖的身體裡！

過重的傷勢讓阿諾德的注意力無法集中，他恍然間還很不合時宜地想著「怎麼魚叉到了戴利手裡」。

然而下一秒，阿諾德便發現戴利用來刺海妖的魚叉，並不是之前他被海妖奪去的那一支。那支魚叉在海妖被戴利偷襲時已脫手落地，此時正在自己腳邊……

來不及多想，阿諾德立即撿起地上的魚叉，並上前支援戴利！

雖然戴利的偷襲很成功，直直刺中了海妖的要害，然而戴利年小力弱，這一擊仍

不足以取海妖的性命。

身受重傷的海妖在地上瘋狂掙扎翻騰，就像一條離了水的魚似的，戴利立即便握不住手中的魚叉。

就在戴利要被海妖傷到之際，阿諾德用盡最後力氣高舉起地上的魚叉，狠狠插入了海妖的身體裡！

一直在瘋狂翻騰的海妖動作一頓，掙扎的力量終於靜止下來。戴利戰戰兢兢地鬆開了握著魚叉的手，便見軟軟倒在半濕地上的海妖動也不動。

它死了！

戴利狂喜地往阿諾德看去：「它死了！我們成功啦！」

然而當戴利看到同樣動也不動的阿諾德時，笑容凝固在了臉上。

「阿諾德！」

戴利連滾帶爬地趕到阿諾德身前，用力想把人扶起。然而躺在地上不知生死的阿諾德身子沉重，戴利根本無法搬動他。

海水已經浸上了他們所在的位置，阿諾德身邊的海水都被染成一片血紅。看著生死不明的阿諾德，戴利的眼淚不由自主地流了下來。

一開始的驚惶過後，戴利咬了咬牙，努力讓自己冷靜下來。

他托起阿諾德的頭，並在對方的頭部下方墊上一塊石頭，確保阿諾德的臉在短時間內不會被海水淹沒後，便踉蹌著跑出去求救。

當丹尼爾與艾德返回時，迎接他們的是空無一人的營地。

二人面面相覷，都感到萬分無奈。

進入叢林之前，他們明明特意叮囑過阿諾德與戴利，讓兩人任何時候都留一人在營地觀察，不然海巡船經過時營地卻沒有人，說不定就會錯失獲救的機會了。

結果這兩人倒好，全把他們的話當耳邊風，跑得不見人影。

艾德自告奮勇地道：「我去找他們吧！」

丹尼爾頷首，便開始整理那些從叢林裡帶出來的水果與野菜。

與戴利一樣，艾德循著留在沙灘上的腳印前進。然而與戴利不同的是，此時已經漲潮，沙灘上大半腳印都被海浪沖刷掉了，為艾德的追蹤增添了不少難度。

艾德走了一段路便失去目標，只能跟隨著腳印最後指示的方向繼續往前走。所幸往阿諾德與戴利身處岩洞的路線不算很曲折，艾德前進的方向雖略有些偏移，但大致上沒有錯。

當艾德來到礁石區時，遠遠便見戴利向他揮著手，似乎還在大喊著什麼，只是距離太遠了，艾德聽不清楚。

艾德連忙向戴利走去，一開始，他的步伐還是充滿著輕鬆感的不疾不徐，然而隨著距離漸近，看清戴利渾身濕透、衣服都是鮮血與泥濘的狼狽模樣以後，艾德頓時神色一凜，加快步伐趕了過去。

「戴利，怎麼了？發生了什麼事？」艾德詢問的同時，手一甩，便向對方放出一道聖光，戴利身上的擦傷瞬間被治癒。

確定戴利身上的大片血跡都是濺染上去的之後，艾德先是鬆了口氣，隨即又生出了不祥預感。

既然這些血跡不是戴利的，難道是屬於……

下一秒，戴利便確定了艾德的猜測。他指向不遠處的岩洞，焦急地對艾德說道：「快去救阿諾德！他受了重傷！」

艾德察覺到事情的嚴重性，立即朝戴利指示的岩洞走去。當他看到岩洞裡慘烈的狀況時，不由得喃喃道：「天呀……」

不知生死的阿諾德倒臥在地上，此時他即使大半個身體都浸在海水裡，仍能從海水中那濃濃的血紅色猜到他傷得到底有多重。

不遠處的地上還有一具海妖屍體，岩洞裡的海水都被染紅，洞穴內壁隨處可見飛濺的鮮血痕跡，可見當時戰況有多激烈。

岩洞裡充斥著濃烈的血腥味，艾德一進去，便被這股絕對不算好聞的氣味熏到了。只是此刻他顧不得這些，匆匆甩了一道聖光過去，並跑到阿諾德身邊檢查他的傷勢。

「……還活著。」

尾隨艾德進入岩洞的戴利，在聽到艾德的話後，「撲通」一聲軟坐在染紅了的海水中，充滿慶幸地喃喃自語：「眞是太好了……」

說罷，眼淚止不住地流了下來。

阿諾德傷勢很重，雖然還活著，但也只剩最後一口氣了。

特別是腿上一道深可見骨的傷口，艾德花了不少靈力卻也只能勉強爲他止血。不過不得不說，阿諾德的運氣很好，要是來找他們的人不是艾德而是丹尼爾，只怕當艾德得知消息趕到時，阿諾德已傷重不治了。

即使如此，阿諾德的情況仍非常不樂觀。他傷得太重了，單憑艾德的靈力無法徹底治好他。光是爲他的傷口做初步處理，艾德便耗盡了所有靈力，因爲靈力枯竭而不得不暫時停止治療。

此時阿諾德的傷口已完全止血，卻並未癒合。再加上傷口泡在海水裡可能會引起的發炎症狀，艾德實在沒有能夠拯救阿諾德性命的自信。

要是權杖沒有落在海巡船上，他即使無法完全治好阿諾德，也至少有信心能夠保住對方的性命。

可現在，只能祈求熊族強健的體魄讓阿諾德能夠熬過去了。

艾德嘆了口氣，此時他已經沒有什麼可以爲對方做的了。

「戴利，你還好嗎？」暫時處理好阿諾德的傷勢後，艾德扶起軟倒在地的戴利，爲他抹去眼淚，溫柔並堅定地說道：「戴利，你做得很棒，然而我還有事情需要你的幫忙。這裡的環境太差了，阿諾德不能一直躺在這兒。可是單憑我們的力量搬不動他，得要找丹尼爾幫忙。我必須待在這裡看著阿諾德，以免他出現其他狀況，你能夠去找丹尼爾過來嗎？」

如果可以，艾德並不想讓戴利過去的。這孩子不久前才經歷一場殘酷的戰鬥，艾德希望能給予戴利時間，讓他的心情平復下來再說。

然而阿諾德的情況等不了這麼久，因此他只能讓戴利過去找幫手了。

「好。」戴利點了點頭，他的嗓音仍有些哽咽，可是這個劫後餘生的男孩卻勇敢

地把任務領了下來。沒有哭鬧、也沒有撒嬌，彷彿經歷過這次生死一線的戰鬥後，瞬間長大了。

很快地，戴利便把丹尼爾找來，當艾德與丹尼爾合力把阿諾德妥善安置到帳篷裡以後，天都快要黑了。

三人圍在火堆旁，一時都沉默著沒有說話。

阿諾德傷勢太嚴重，傷口果然如艾德所預料般發炎了。即使戴利找到一些能夠消炎殺菌的草藥來治理，傷口還是受到了感染。

這讓艾德得消耗更多靈力來穩定阿諾德的傷勢，治癒術根本追不上傷口惡化的速度。何況艾德的力量只能治療傷口，卻無法讓他退去高燒，亦不能爲他補充失去的血量與體力。誰也不知道會不會就在下一秒，阿諾德便撐不下去。

明明在昨天的這個時候，四個人仍熱熱鬧鬧地聚集在這裡商議著往後的行動。想不到只過了一天，便已有一個同伴徘徊在死亡邊緣掙扎。

靈力耗盡的艾德疲倦地閉目養神，他必須讓自己盡快恢復，好繼續爲阿諾德穩定傷勢。

丹尼爾拍了拍艾德的肩膀，難得和顏悅色地主動與他說話：「別太勉強自己了，你也休息一會兒吧。」

艾德雖然應允下來，然而心裡卻焦急地想著他沒有時間休息了。只要他的靈力恢復一些，便立即繼續爲阿諾德治療。

要是再勉強一些、再辛苦一些，卻能夠挽救同伴的性命，艾德對此是甘之如飴。見到艾德不以爲然的神情，丹尼爾也猜到了對方還想繼續勉強自己，正皺起眉頭想要訓話。

然而勸導的話還未說出口，眼角餘光卻看到了海上的某樣東西，丹尼爾頓時把所有要說的話拋諸腦後，雙目緊盯著海上的某個點。

在戴利與艾德訝異的注視中，丹尼爾霍地站了起來，並身手敏捷地爬上了木棚頂端。

「怎麼了？」艾德見丹尼爾把木棚上的旗子取下，心裡頓時生出了一個猜測。

不待艾德多想，戴利已拉著他的衣袖，興奮地指向海上：「艾德，你看這是船嗎？」

艾德連忙順著戴利的指示，把注意力投放至海的方向。然而以人類的視力，過了好一會，他才勉強看到海上好像出現了一個微不可見的細小黑點。

已經把旗子握在手中的丹尼爾停下了揮動旗子的動作，微笑道：「他們看到我了，是阿諾德的那艘海巡船。」

在艾德只能勉強看到一個小黑點的時候，精靈族那卓越的視力，甚至連這艘由遠處駛向荒島的船的身分都確定好了。

來的是海巡船，這也代表艾德很快便能夠使用權杖的力量治療阿諾德。他當機立斷地說道：「我們先把東西收拾好，待海巡船來到時，便可以立即帶阿諾德上船。只要有權杖，我便能夠更好地為他治療了。」

三人迅速行動，他們來到荒島的時日尚短，並沒有什麼東西要收拾的。當海巡船接近岸邊時，艾德幾人已把阿諾德放到一個簡易擔架上，準備好隨時可以上船。

海巡船放下了載人的木艇，木艇尚未到岸時，隨同木艇而來的雪糰已迫不及待地飛到艾德的肩膀上。

艾德高興地摸了摸雪糰，雖然他心裡也很想與牠再多親熱一會，可艾德還是把雪糰放到了阿諾德身上。畢竟身懷聖光的雪糰也有治療能力，雖然力量不及他，可蚊子再小也是肉，等待上船的期間，艾德打算先讓雪糰繼續爲阿諾德治療。

木艇很快便到岸，當看到艇上過來的布倫特手裡拿著大祭司的權杖時，艾德頓時露出了驚喜的神情，這還眞是瞌睡便有人送枕頭了！

「布倫特……你怎麼會把權杖帶來？太好了！我們正需要它！」艾德興奮地接過權杖，驚喜又難以置信地詢問。

布倫特笑道：「是丹尼爾讓我帶來的。」

艾德疑惑地往丹尼爾看去。

丹尼爾言簡意賅地道：「是旗語。」

艾德恍然大悟，笑道：「眞是幫大忙了！有空的時候你也教教我吧！」

丹尼爾聞言愣了愣，隨即一臉不耐煩地皺起了眉：「這些你讓布倫特教你……」然而不待丹尼爾把話說完，艾德已急著拿權杖去救人了。

看見丹尼爾吃癟的表情，布倫特忍不住莞爾，他上前拍了拍丹尼爾的肩膀：「辛苦你了，我們大家都很擔心你們。」

丹尼爾冷哼了聲，道：「是真的辛苦，這兩天都快成保母了。」

因為木艇空間有限，眾人便讓船員帶著艾德與受傷的阿諾德先返回海巡船上。有了權杖增幅力量，艾德很奢侈地毫不間斷地灌輸著聖光給阿諾德，不停修復著他的傷勢。總算讓對方情況漸趨穩定，把他從死亡邊緣拉回來了。

看到登上海巡船後，戴利亦步亦趨地尾隨受傷的阿諾德，布倫特感慨道：「戴利還真是阿諾德的迷弟啊……」

丹尼爾：「……」

丹尼爾很想告訴布倫特，在他們失散的這短短兩天之中，這兩個傢伙爭吵不休，他都快被這兩人煩死了！

一個兩個都不是讓人省心的！

艾德等人的回歸，獲得了船上眾人的熱烈歡迎，海巡船上一片歡欣鼓舞。阿諾德這次實在傷得太重，而且傷口還受到感染。即使獲得權杖後艾德總算能夠把他的傷口全部治好，仍是有一些後遺症。

簡單來說，阿諾德病倒了。

然後過了不久，艾德也跟著倒下……

討厭的暈船！

幸好有戴利調配的草藥，讓艾德能夠擺脫暈船症狀再度活了過來。休息了一晚後，第二天，艾德已完全恢復精神，與伙伴們聚在一起吃早餐。

埃蒙擔心了兩天，愛說話的他也累積了兩天的傾談欲，在看到艾德這個當事人時終於達到了巔峰。

埃蒙對著艾德連珠炮般說著他的擔心，以及海巡船前往荒島的救援過程。「你們沒事眞是太好了！你不知道在你們掉進海裡失蹤以後，大家都擔心得不得了，我們吧啦吧啦吧啦……」

艾德實在很佩服埃蒙，到底是怎樣能夠不停說話，卻又完全沒有妨礙進食的速度呢？

聽過埃蒙的敘述後，艾德這才知道眾人是靠特瑞西以海流流向來猜測他們漂流的方向。所幸特瑞西是個很出色的航海員，他的指示確實很正確。

然而方向雖然無誤，可在茫茫大海中能夠這麼快便找到荒島的確切位置，則不得不提雪糰的功勞了。

在海巡船與荒島的距離愈來愈近以後，雪糰便開始能夠模糊地感應到艾德的所在位置。海軍在雪糰的指引下，才找到了艾德他們流落到的那座荒島。

艾德聞言後，親暱地用臉頰蹭了蹭站在他肩膀上的小鳥，讚賞：「雪糰眞是太棒了！」

獲得艾德的讚揚，雪糰高興地挺起胸腔「啾啾」直叫。

隨即艾德又想起他是在遠遠看到代表海巡船的黑點時，才隱隱約約感應到雪糰的存在，想不到雪糰比自己早這麼多便能夠感應到。

這是因爲動物的感應比人類敏銳的緣故嗎？

艾德想起在他陷入沉睡以前，那時候的人類還意氣風發地存活在片土地上。有些人類自稱爲萬物之靈，隱隱有種把自己的地位放在所有種族之上的意思。

然而艾德不認爲種族之間有什麼好比拚的，即使把別人踩低，也不見得自己會變得比較了不起。每個種族都有各自的缺點與優點，沒有誰是完美的。

既然如此，學會欣賞與學習別人的優點，互相尊重不是很好嗎？

就像這次流落荒島，也是集合了大家的力量，最終才能夠化險爲夷。

聽著埃蒙這個小話嘮吧啦吧啦地說著話，話題從搜救行動逐漸偏移，變得不著邊際了起來。於是艾德邊吃著早餐，聽著聽著便恍了神。

直至布倫特接過越飄越遠的話題，談到了海軍對這次海妖襲擊事件的處理時，艾德這才把注意力拉了回來。

只聽布倫特說道：「海妖成群襲擊了海巡船，沿海城鎮也許近期會變得不那麼安全。原本我們打算把戴利安頓在對岸的沿海城鎮，只是那座城鎮靠海，萬一海妖眞的發動襲擊，說不定便會變成戰場。這麼一來，把戴利送到那裡便不太適合了。」

雖然布倫特說那座城鎮也許會不太安全，可是他並沒有忽視戴利這個當事人的想法，布倫特溫和地詢問戴利：「你怎麼想呢？」

戴利毫不猶疑地說道：「就住在那個城鎮沒關係，我喜歡海洋，想住在能夠看到海的地方。我也不怕那些海妖，我相信海軍們會保護我的！」

布倫特聞言點了點頭，便打消了爲戴利尋找新居所的想法。他尊重戴利的選擇，八歲的孩子說大不大，但說小卻也不小了，已經可以爲一些自己的事情做決定。

09.
鄰居

吃過早餐後，船還有好些時候才能到目的地。獸族姊弟便趁著還未到岸，興致勃勃地邀請大家一起到甲板上曬日光浴，好好盡情享受在海巡船上最後的時光。

艾德欣然答應，獸族姊弟一說，他這才想起自己還沒好好在海巡船上曬過太陽呢！

之前一上船便陷入了暈船的痛苦中，後來托戴利的福，把暈船的毛病治好了，誰知道不久後又遇上海妖偷襲，然後可憐兮兮地流落荒島。

說眞的，艾德還沒有在海巡船上留下什麼美好回憶呢……

無論是暈船還是被海妖襲擊，想起來滿滿都是苦難啊……

這怎麼行！艾德不希望自己將來回憶起第一次坐船的情況，只剩下在船上大吐特吐，或者狼狽落海的模樣！

與艾德的欣然應約不同，丹尼爾完全覺得獸族姊弟的邀請很無聊。有時間集體曬太陽，他寧可獨自回房間睡懶覺。

然而不待丹尼爾拒絕，布倫特卻已先一步爲丹尼爾答應下來，並且拖著人一起過去甲板了。

纖瘦的精靈自然不是龍族的對手，丹尼爾掙扎的力道對布倫特來說微不足道，直接便被對方拖到了甲板才放開。

身爲船上唯一的女性，貝琳沒有與大家同行，而是回到房間去換衣服了。因此大家很乾脆地直接在甲板上脫起衣服，身上只留下了一條小短褲。

雖然丹尼爾覺得這種躺在太陽底下，像條鹹魚似的乾曬行爲眞的太蠢了，只是他素來尊敬像長輩般包容他、給予他容身之所的布倫特，在沒有觸及原則性問題的時候，丹尼爾都願意順著布倫特的意思。

因此雖然黑著一張臉，可丹尼爾還是乖乖地保持隊形，跟隨大家的動作把衣服脫掉了。

看到丹尼爾不情願地臭著一張臉，布倫特笑道：「陪我們一起曬曬太陽又沒什麼，反正你們精靈族的皮膚那麼好，又曬不黑。」

艾德聞言不由得上下打量了丹尼爾一番，的確，在流落荒島的短短兩天，所有人

都曬黑了，唯獨丹尼爾的皮膚依然是那令人驚歎的漂亮象牙白。

與丹尼爾一樣，皮膚不會受曬太陽影響的人還有布倫特。然而布倫特本就帶著小麥膚色，對比之下，白得發亮的精靈在一眾曬黑了的人之中便顯眼得多了。

布倫特是火屬性的龍族，太陽光無法影響到他也是理所當然；但丹尼爾的皮膚看起來白白嫩嫩，就像最高級的骨瓷，這種充滿脆弱感的肌膚，抗曬能力也太好了點吧？

要是讓那些努力保持皮膚雪白的貴族小姐們，看到丹尼爾無論怎樣蹧蹋也能擁有這麼好的神奇膚質，一定嫉妒得不得了。

丹尼爾雖然是所有人之中皮膚最白皙的，甚至比臉色蒼白的艾德白上幾分，在太陽光下簡直會發亮一樣。然而他的體型卻不是給人病弱感的削瘦，而是經過鍛鍊的精瘦。

看似削瘦的手臂上充滿著流線型的肌肉，腹部有八塊腹肌，還有那雙修長的大長腿……

察覺到艾德羨慕的眼神，丹尼爾狠狠地瞪了他一眼，艾德只得默默地把視線移開。

布倫特無視丹尼爾散發的寒氣，把人按在一張躺椅上，笑道：「偶爾也與大家一起進行團體活動吧！」

丹尼爾也不知道是被布倫特這話說服了，還是他認為自己再掙扎也沒有用，最終乖乖躺下來當太陽下曬著的一條鹹魚。

此時到房間換衣服的貝琳姍姍走來，這位獸族少女身上就只有少許布料遮擋重要部分，完全不介意展現自己姣好的身段。

貝琳的身材很好，該瘦的地方纖瘦，該豐滿的地方豐滿。配上一身這幾天曬出來的小麥色肌膚，以及獸族姑娘們特有的野性氣質，看起來健康又性感。

最重要的是……貝琳竟然也擁有令艾德羨慕的八塊腹肌！

艾德環視四周，丹尼爾與貝琳的身材好得沒話說，強壯的布倫特更是理所當然有一身肌肉。就連年紀最小的埃蒙，脫下衣服後身上也沒有絲毫贅肉，而是精瘦的體

格！

默默捏了捏肚子的軟肉，艾德覺得自己與這群傢伙待在一起，簡直就像一隻小雞崽誤入了鴕鳥群似的。

弱小、可憐又無助。

雪糰看到艾德的動作，疑惑地歪了歪頭，心想艾德怎麼捏自己的肉肉了？

摸了摸雪糰，艾德喪氣地說道：「沒關係，雪糰，至少我還有你……」

嘆了口氣後躺下來，艾德隨即揮了揮手，讓一層薄薄聖光包裹著眾人，確保他們在猛烈的陽光下只會曬黑，不會曬傷。

「艾德，我們可以塗防曬油的。」埃蒙有些不好意思。他們做這事是享受，可是卻好像麻煩到艾德了。

防曬油是海軍在得知他們要到甲板曬太陽後友情提供的，那是一種植物提煉出來、塗在身上能夠防止曬傷的油，就是氣味有些不好聞。

艾德搖了搖頭，道：「沒關係，預防大家曬傷需要的聖光量不多。反正待在這裡也是待著，我還可以順道鍛鍊一下控制聖光的技巧。」

丹尼爾插話：「你的確應該要多練習了，可別再離了權杖後便什麼也做不成。」

艾德想起這次要不是布倫特他們來得及時，說不定阿諾德就真的救不回來了，不禁難過地垂下了眼簾。

大家見狀面面相覷，他們原本還以爲艾德會生氣地反駁回去，想不到他卻沮喪了起來。似乎這次阿諾德的事情，真的讓對方非常難過與自責。

說不定連曬太陽的時候還要邊鍛鍊控制聖光的技巧，也是因爲被這次事情刺激到，才連休息的時候也這麼努力不懈。

想到這裡，眾人都向丹尼爾投以不贊同的視線。

怎麼哪壺不開提哪壺呢？

不見艾德已經很自責了嗎⁉

丹尼爾卻不覺得自己的話有什麼錯。這次是阿諾德運氣好，下次說不定就沒這麼好運了。既然艾德的能力還有提升的空間，那就應該更加努力啊！

布倫特看了看丹尼爾，再看了看艾德，心裡嘆了口氣。前者說話實在太不客氣了些，後者則是也太好欺負了點。

知道丹尼爾不是會服軟的性格，布倫特只得自己出馬來安慰艾德：「多熟練自身的能力是好事，但也不用逼得自己太緊。以後你記著沒事的時候也把權杖收在空間戒指裡，隨身帶著就好。」

艾德點了點頭，這次的意外是因爲他使用權杖練習後隨手將其放在床邊。結果出事情時又急著上甲板尋找戴利，便一直把權杖遺落在房間裡。

經過這次的教訓，艾德以後都會謹記著要時刻隨身攜帶權杖了。

布倫特這人什麼都好，就是責任心太重，聊天時總會把話題不自覺地帶到工作的事情上。一開始，他只是想安慰艾德，然而說著說著，卻向艾德傳授起了面對危機時的經驗。

偏偏艾德經過這次流落荒島的事件，充分感受到自身應對危機時能力的不足，便也向布倫特虛心求教起來。再加上一個因爲覺得曬太陽太無聊而加入話題的丹尼爾，結果導致了冒險小隊的隊員中，竟然有過半數都在曬著太陽時談公事！

這讓原本打算輕鬆一下的獸族姊弟恨不得離這些傢伙遠遠的。

不知道在休閒時談及工作，是很過分的事情嗎!?

聽布倫特說起遇上危機時的處理與應變，艾德突然想到了什麼，詢問道：「有個疑問讓我一直很在意……爲什麼在面對危機的時候，布倫特你都沒有變回巨龍的形態戰鬥呢？」

見布倫特聞言愣了愣，隨即露出欲言又止的表情，艾德以爲對方有難言之隱，便不好意思地說道：「我沒有探聽你隱私的意思，只是想著我們現在已經是同伴了不是嗎？如果能夠明確了解你的實力，戰鬥時我也能夠更好地去應對了。」

布倫特搖了搖頭：「這沒什麼不可說的，我只是有些意外，你是什麼時候注意到這點？」

艾德解釋：「很早之前便注意到了，只是一開始發生戰鬥的地點都在城鎮，我便猜測你之所以沒有變回巨龍，是不是擔心過於龐大的體型與力量會破壞城鎮，又或者

誤傷那裡的居民。然而在克拉艾斯城的遺跡中，我們陷入幻覺時，誤以爲被大量魔族包圍。可即使已經到了很危險的境況，你卻依然沒有變回巨龍。還有，這次海妖偷襲海巡船的時候，你也沒有變成巨龍進行戰鬥。在我們墜海失蹤後，明明變成能夠飛翔的巨龍對搜索更加有利，可是你也沒有這樣做。」

說罷，艾德便擔心地詢問：「所以布倫特你……是身體有什麼不適，所以無法變成巨龍嗎？」

艾德不認爲是布倫特故意不變身，只覺得對方是有著什麼苦衷，比如因爲身體的原因而無法變身成巨龍？

布倫特想不到一問之下，原來艾德已經注意到這麼多細節，不由得有些訝異他的細心。

也許因爲祭司的職業，讓艾德得時刻關注著同伴的狀況，因此才養成了這份細心與洞察力吧？

「放心，我的身體沒有問題，想變回巨龍什麼時候都可以。我之所以不這樣做，是因為環境並不允許。」布倫特解釋：「艾德你已經知道，爲了設立封印魔族的結界，四大種族都各自貢獻出結界所需的力量對吧？」

見艾德點頭，布倫特續道：「我們龍族也是一樣，陛下爲了供應結界所需的魔力，分裂出自己部分的龍魂來鎮壓魔族。從此以後他只能維持人形，無法使用龍語魔法，亦再也無法變身成巨龍的形態了。」

艾德聞言瞪大了雙目。失去力量對於高傲自負的龍族來說，絕對是生不如死的事情。

何況他還是龍族之王！

龍族以強者爲尊，這讓他如何統治自己的子民？

看出艾德心裡所想，布倫特嘆了口氣，道：「隨著時間的流逝，結界因爲暗黑死氣的侵蝕及魔力的消耗，變得愈發不穩定。後來我們發現，每次有龍族使用巨龍的力量時，其力量都會與結界裡的龍魂產生共鳴，所幸龍族領地經年累月之下累積了大量龍氣，能夠讓我們在變成巨龍時隔絕對結界的影響。因此我們在領地時，能夠自由變

回巨龍。然而在離開龍族領地的時候，爲免加速結界的崩壞，我們便只能一直維持著人形了。」

聽到布倫特的解釋後，艾德沉默了。

所以……歸根究柢這又是人類的鍋？

感受到氣氛的沉重，眾人之中情商最高的貝琳便笑著轉移了話題：「說起來，這算是艾德加入我們團隊後，第一個參與的團體活動呢！」

所以就放過聊工作聊訓練了，大家一起開開心心地享受一下團體日光浴不行嗎？

貝琳總覺得自己明明是個花季少女，卻須要操老媽子的心。

對著這些工作狂，她都要老十歲了！

艾德被貝琳轉移了注意力，他想了想：「好像對喔！這還是第一次與大家一起舉辦活動呢！」

這麼一想，雖然只是曬太陽，但感覺特別有意義了。

埃蒙抱怨道：「我們根本一直以來都沒什麼團體活動啊！很多時候想一起放鬆一

下，丹尼爾卻悄悄溜走了，他實在太不合群啦。」

丹尼爾想不到自己都已經來當乾曬鹹魚了，竟然還被人點名。他睨了埃蒙一眼，埃蒙立即便慫了。

貝琳一臉無奈，心裡罵了聲埃蒙這個不自覺挑釁了丹尼爾，又後知後覺地被對方眼神嚇得不敢說話的沒用弟弟，再次打圓場地拿起了放在身旁的飲料，抬了抬手微笑道：「這次是艾德參與的第一個團體活動，爲了這個值得紀念的日子，我們來乾杯吧！」

貝琳身爲團隊中唯一的女性，大家對她總會多一份遷就。何況貝琳一向溫柔大方，乖巧不惹麻煩。因此聽到她的話以後，大家都願意給她面子，就連丹尼爾也默默拿起了飲料。

布倫特見狀，也笑著向艾德舉了舉飲料：「雖然現在說好像遲了一點……艾德，歡迎你的加入。」

自從甦醒以後，艾德便一直因爲人類的身分而成爲他人喊打喊殺的存在，他已

經很久不曾感受過被人歡迎到底是怎樣的感覺了。

艾德笑道：「謝謝，以後也請大家多多指教！」

接下來的航程非常順利，一路上沒有再出現任何意外，風平浪靜。

眾人來到了對岸的城鎮，到了這裡，腳下踏的已經是屬於獸族的領地。

在原定計畫中，阿諾德他們只負責把冒險者放下，並不會在這座城鎮停留太久，冒險者下船後，便會繼續巡邏的工作。

然而現在遇上了海妖的襲擊，海軍們得要下船向城衛軍匯報相關事宜，於是他們便把海巡船停在港口，與艾德幾人一起下船。

在海上航行的途中，包括阿諾德在內，那些受了傷的船員的傷口，在經過艾德治療後都已經痊癒了。雖然還是有些血氣不足等的後遺症，但只要好好休息便沒有問題。

受傷的海軍在海巡船泊岸這兩天獲得了短暫的假期，同樣身為傷員，可以自由活動的阿諾德更是理所當然地把匯報的工作全部交給了特瑞西，高高興興地下船去「休養」了。

看著雖然臉色仍有些蒼白，但精神實在很不錯的阿諾德，艾德覺得他之所以一直嚷著不舒服，根本就只是想偷懶而已。

戴利對身處的這座繁榮的海邊城鎮印象很不錯，決定留在這裡定居，展開新的生活。

得到兩天假期的阿諾德則決定回家一趟，並且興沖沖地邀請眾人到他家裡玩。

「欸？可以嗎？但是……阿諾德你家在這裡？你不是住在我們相遇的那個城鎮嗎？」戴利驚喜地抬頭，這孩子自從被阿諾德救下以後，二人便成爲了關係不錯的忘年交。得知阿諾德也住在這座城鎮戴利非常高興，這麼一來他便不用與對方分開了。

阿諾德解釋：「那裡也算是我其中一個家，要知道因爲工作的關係，我總是不會在一個地方停留太久，身爲海軍，大多時間都要航行出海，亦經常輾轉於不同的港口之間。有時候能夠像現在這樣短暫地在岸上停留，我便會在一些經常途經的城鎮都買

下房子。」

眾人聞言：「……」

明明一眾冒險者都是各種族的皇親國戚，怎麼相較阿諾德這個紈褲子弟，卻有種輸了的感覺呢？

阿諾德與鎮長認識，便帶著艾德等人直接過去了。

一問之下，他們竟發現阿諾德與戴利眞的特別有緣，因爲戴利被安排在城鎮中的住處，竟然就在阿諾德隔壁！

兩人是鄰居！

阿諾德得知此事後也很訝異，他驚訝地說道：「我是知道我家旁邊的那間空房子最近在裝修，卻不知道原來要搬進來的人就是戴利。」

說罷，阿諾德又對鎮長道：「難怪你之前特意跟我說，要多照顧一下新搬來的鄰居……怎麼就不直說你們接收了個妖精呢？這樣我便能猜到他就是戴利了！」

這位鎮長也很有意思，他的回答非常坦誠：「就怕你知道有妖精要住在附近，立即便要搬走。」

想到「妖精＝熊孩子」這個定律，阿諾德表示理解。

如果是在認識戴利之前，他得知會有妖精來當他的鄰居，一定有多遠避多遠。不過現在他與這孩子成爲朋友了，卻反而想著回去後要好好安排一下工作行程，盡量多些時間待在這個城鎮的家，以便能夠更好地照應戴利。

因爲有阿諾德這層關係在，鎮長便沒有親自帶戴利到新居，只告知了戴利已經爲他聘請了一個生活助理，會每天爲他打掃及煮食，還有戴利的上學安排。

是的，上學。

不僅只戴利，現在所有妖精都被陸續安排去上學了。

由於妖精的幼年期非常漫長，而且母樹說不定什麼時候便能醒過來，到時候也許妖精們的時間便會繼續停駐在幼童時期。再加上小孩子都愛玩，任性的妖精們對於學習非常抗拒。因此各種族本來都覺得妖精們只要開開心心就好，從沒要求過他們像一般小孩那樣到學校學習。

然而布倫特他們發現妖精的性格似乎有被寵壞的跡象，再這麼下去，這些孩子便要被養歪了，便把這情況報了上去，於是妖精的好日子要到頭了。

尤其發現到妖精有當藥劑師的天賦後，更是決定要把他們往這方面培養。戴利現在還沒察覺到這些大人們的「用心險惡」，即使知道要上學，還以爲大人們都會像以往那般遷就他，不喜歡便可以逃課，因此聞言後便樂呵呵地應允了下來。

10.
最不想看到的人

一開始阿諾德力邀眾人到他家開派對，不過在得知戴利是他的鄰居後，這個愛熱鬧的傢伙便直接決定把派對辦在戴利家裡。美其名是爲戴利慶祝入住新居，實際卻是這傢伙自己想玩而已。

以各種族對妖精的優待，戴利新居的環境當然一點兒也不差。那是一棟布置溫馨的房子，還能看到非常美麗的海景。

最讓戴利感到滿意的，是他的房子與阿諾德的家非常近，甚至他只要大聲喊話，阿諾德在家中也能聽得到。

雖然現在戴利已經沒有先前對阿諾德的那種盲目崇拜，可二人卻是關係不錯的朋友。戴利很高興在面對新的生活環境時，能夠有一個熟悉的人在身邊。即使阿諾德無法長駐這座城鎮，可能夠偶爾來陪陪他的話，戴利已經很開心了。

在阿諾德的帶領下，大家在城鎮裡逛了一會，讓戴利熟悉這地方之餘，也順道購買了今晚所需的食物。

戴利經過海邊市集，看到那些販售海螺的店鋪時，不由得停下了腳步。

埃蒙見狀，好奇地詢問：「怎麼了嗎？」

戴利感慨地說道：「之前在荒島的時候，阿諾德找到很多海螺呢！可惜我們一個都沒吃到便離開了。」

阿諾德上前揉了揉戴利的頭，笑道：「這有什麼好可惜的，把這些海螺買回去，包準你今晚吃個夠！」

說罷，阿諾德便把這些海螺全買了下來。

戴利見狀卻仍是覺得有些不開心，他認爲這些又不是阿諾德撿到的海螺，意義是不同的。他在荒島時，覺得那些海螺可珍貴了。然而眼前這些花錢就能買下來，也便沒有那種期待吃下去的心情了。

不過經歷了一連串事情，現在的戴利已經不像以往那般任性。如果是在以前，這孩子說不定會無理取鬧地要求一定要吃阿諾德撿的海螺，可現在卻只是有些悶悶不樂地不說話。

艾德見狀，雖然不明白這孩子心裡的糾結，不過還是哄他道：「今晚不是要慶祝戴利入住新居嗎？不如我們乾脆熱鬧一點，在海邊舉辦一個篝火派對吧？」

聽到艾德的提議，戴利霍地抬頭，立即把心裡小小的遺憾拋諸腦後，一雙金綠色的眸子充滿期待，亮晶晶地看向艾德。

眾人都覺得艾德這個提議不錯，他們明天便要離開這裡，在離開以前玩鬧一番也很好。

阿諾德與戴利的房子外面就是一片沙灘，雖然質地比不上荒島上的那般潔白細滑，但仍是個漂亮的、適合舉行篝火晚會的地點。

眾人在日落時分堆好篝火後，看著太陽漸漸消失在地平線另一端。

相較於在荒島上可憐兮兮地連魚也捕不到，這次他們用來當燒烤材料的海鮮可豐富了。

這座沿海城鎮有著各種海鮮，不只新鮮且價格便宜。對於艾德這些從未到過海邊的人來說，很多食材也從未見過，他們對此充滿了好奇，一不小心便買多了。幸好冒險者的食量也比一般人來得大，不會造成浪費。

貝琳把店家幫忙處理好的章魚放到火上燒，看著這明明已經死得很徹底，卻依然很噁心地動啊動的海產，貝琳忍不住懷疑：「這些食物眞的能吃嗎？」

阿諾德道：「當然可以，我覺得章魚的味道還不錯啊！特別喜歡它的口感。」

「……」貝琳回憶起章魚那種軟軟、滑膩的觸感，忍不住對阿諾德的口味充滿了懷疑。

戴利生硬地把話題帶回正由阿諾德負責烹調的海螺上：「我覺得海螺的味道應該也會很不錯！」

看著孩子一臉不滿的神情，對方就只差沒說：別把注意力分給章魚這個小三了，請專情於你的正宮螺肉！

阿諾德不知道這孩子怎麼對海螺肉如此期待，他擔心對方期望太高會引來失望，便告誡他：「我覺得海螺的味道也很不錯啦……但不至於到驚爲天人，你別抱太大期望啦。」

事實證明阿諾德多慮了，戴利對螺肉的味道很滿意。反倒是冒險者們都不太喜歡它充滿韌性的口感，最終這些螺肉都由阿諾德與戴利合力吃光了。

大家熱熱鬧鬧地邊聊天邊燒烤，把所有食材全部吃完，沒有絲毫浪費。

然而這次買的分量實在太多了，眾人全都吃得過飽，貝琳便建議到海邊散步消食，這提議獲得了一致的贊同。

只有埃蒙癱坐在椅子上說道：「我就不去了，吃太飽都不想動啦！」

丹尼爾不滿地撇了撇嘴：「你別這麼懶，既然覺得飽就多走兩圈消食吧！」

埃蒙卻仍是一副不願意起來的模樣，貝琳見狀便笑道：「讓他休息好了。」

雖然丹尼爾很看不慣埃蒙這副鹹魚模樣，不過貝琳作爲對方的姊姊都出聲維護了，他也就沒有揪著這事不放。只在心裡想著明天訓練時，就多操練操練這孩子，讓對方別這麼懶！

埃蒙感到身體一寒，心裡疑惑著明明丹尼爾都放過自己了，怎麼還有股不祥的預感呢？

艾德想了想，也擺了擺手笑道：「我也不去了，想休息一下。」

說罷，艾德揚了揚手，讓雪糰飛到布倫特的肩膀上，笑道：「讓雪糰跟著你們一起去好了。」

對於艾德的耍廢選擇，丹尼爾卻沒有多說什麼。畢竟艾德身體孱弱，丹尼爾從沒有對他的戰鬥力有什麼期待。在丹尼爾心中，艾德只要待在後方放聖光就好，因此也就沒有想要督促對方的想法。

貝琳聽見艾德也要留下來時，便往艾德的方向看過去。察覺到貝琳視線的艾德，向她投以一個「請放心」的眼神。

這讓貝琳打消了留下來陪伴埃蒙的念頭，雖然她與埃蒙是血脈相連的親人，但正因爲關係過於親近，有些事情反倒難以啓齒。

她覺得相較於自己，也許埃蒙會更想單獨與艾德談談。

因此，她就不去打擾男孩們的談話了。

貝琳伸了個懶腰，向埃蒙與艾德擺了擺手後，便與同伴們一起散步去了。

埃蒙自然也看到貝琳與艾德之間的互動，他不好意思地說道：「艾德，你是故意留下來陪我的嗎？我獨自在這兒沒有問題的，你就跟大家一起去散步吧。」

艾德側過頭，被身旁埃蒙那羞赧的模樣逗樂了，輕笑道：「可是我想跟埃蒙你在一起啊。」

對方直白的話語，讓埃蒙笑逐顏開：「是嗎？那我們聊些什麼好呢？你留下來跟我一起會不會很悶？話說我們兩人很少像現在這樣獨處呢……」

聽著埃蒙吧啦吧啦地連珠炮般說起話來，艾德眞的很想跟埃蒙說：請放心，我一點兒也不會悶啊！看看光是你自己一個人，都說了兩個人分量的話了。

一開始，艾德只覺得埃蒙是個活潑的話嘮，有時候會不自覺地說了很多話。可是漸漸地他卻發現，埃蒙很多時候是因爲不知道與別人怎樣相處，害怕會出現尷尬的沉默，因此才會特別多話。

今天艾德察覺到埃蒙有些不開心，這才特意留下來陪他。埃蒙顯然也發現艾德的體貼，覺得麻煩到對方之餘也不由得緊張起來。

一緊張，他的話就更多了。

埃蒙自顧自地說了一會話後，這才察覺到自己只顧著說話，根本沒有讓艾德有說話的空檔。他連忙閉上嘴，不好意思地對艾德笑了笑。

艾德搖了搖頭表示不介意，隨即詢問：「有開心點了嗎？」

埃蒙羞赧地又笑了笑，隨即好奇詢問：「艾德，你、你怎麼知道我不開心？」

他的確心情不好，可是埃蒙覺得自己有好好掩飾啊！

艾德笑道：「你不知道嗎？當你緊張或者不高興時，就會表現得特別活潑，話也變得多起來。我相信不只我，其他同伴都看出來了。我猜即使我不找你談，布倫特今晚也應該會找你聊聊天。另外丹尼爾剛剛這麼強硬地要求你一起散步，大概也是因爲擔心你，只是他眞的很不懂得怎麼表達關心就是了。」

埃蒙這孩子還滿好懂的，幾乎什麼心思都直白地寫在臉上。即使艾德與他認識不久也能看出他不開心，大約就只有戴利與阿諾德沒發現吧？

其實艾德原本比較擔心的人是貝琳。他知道貝琳是因爲逃婚才會出來當冒險者，現在爲了尋找消滅魔族的相關線索，貝琳只得陪著艾德一起回到了獸族的領地。這讓艾德很擔心她會不會因此而感到爲難，又或者引起任何麻煩。

然而來到了獸族領地後，貝琳卻是神色如常，反倒埃蒙像是顯得很困擾？

聽過艾德的解釋，埃蒙既爲同伴們這麼關心自己而有些感動，卻又因爲艾德提起自己的煩惱而情緒有些低落。

埃蒙原本不想把自己的煩心事說出來的，他覺得那是自己的問題，不該讓同伴爲了自己而苦惱。然而面對艾德充滿眞誠與擔憂的眼神，埃蒙卻生出了傾訴的欲望：「其實我在獸族的情況並不好，獸族以強者爲尊，因爲我沒有威猛的獸體，而且性格又不夠強勢，大家都認爲我不適合當獸王的繼承人。」

艾德理解地點了點頭，就像對於優雅美麗的精靈族來說，性格強勢又粗魯的丹尼爾是不討喜的異類一樣，對崇尚野性與實力的獸族來說，粗獷又強壯的肌肉男才是眞男人。

何況現在的獸王已經不是以往公認的那一位了，當年那位獸王使用時之刻來作爲阻攔魔族的結界後，便失去了火鳥輪迴轉生的能力。現在的獸王，其實是被獸族推舉出來的獸族勇士。

埃蒙雖然是現任獸王之子，在繼承上有著天然的優勢，但要是他無法服眾，最終繼承獸王之位的將會是別人。

像埃蒙這種無論人形還是獸形都不夠雄壯的獸族男性，卻還掛著獸王之子的名號，只怕在族中沒少被輕視過。甚至因爲他的身分，埃蒙會成爲那些想要當獸王的人的假想敵，他應該沒少被野心勃勃的同齡孩子欺負吧？

艾德很理解埃蒙的困境，他安慰著一臉失落的埃蒙，道：「也難怪你不想回到族裡。我小時候也因爲體弱，經常被其他孩子欺負。雖然因爲皇子的身分，他們不敢明著欺負我，但只要沒有別人看到，他們總是對我冷嘲熱諷，又或者故意推擠我。」

明明還因爲自己的事情正在煩惱，然而聽到艾德的話後，埃蒙立即著急地爲對方打抱不平：「他們怎麼這樣壞！那你那時候怎麼辦呢？找你的哥哥幫忙嗎？」

埃蒙還記得曾在光明神殿的幻象中看到過艾德小時候的模樣。當年的小艾德臉色比現在還差，而且瘦瘦小小的，就像個精緻卻易碎的洋娃娃。

那些人怎麼下得了手，去欺負這麼病弱的孩子呢？

「我沒有告訴皇兄啊！他已經那麼忙了，這種事情我就不打擾他啦。」對於埃蒙的猜測，艾德卻搖了搖頭否定了。

說罷，艾德微笑著說出了他解決問題的方法：「我打了那個帶頭欺負我的人一頓，趁那人不備把他打得流鼻血，然後又用聖光把他治好了。對方因爲我的身分不敢還手，甚至還不敢把這事情說出來。畢竟這事鬧開的話，他們欺負皇子一事勢必瞞不住，他自己也沒有好果子吃。」

在埃蒙目瞪口呆的注視中，艾德做出了結論：「從此以後那些孩子都不敢惹我了，所以埃蒙你要做的是想辦法去震懾他們，讓那些人知道你不是好欺負的，而不是一味退讓。」

埃蒙都被艾德這番話給驚呆了，他實在想像不到，記憶中那個瘦小孱弱的小艾德到底有多生猛，竟然把人家孩子的鼻血都揍出來了！

「原、原來艾德你也會有生氣得想打人的時候嗎？可是有人說人類和你的壞話時，你都沒有生氣……」埃蒙還一直覺得艾德是那種遇事冷靜，即使被欺負也依舊有著好脾氣、非常溫柔的人。

艾德聳了聳肩，道：「沒辦法，形勢比人弱，其實每次聽到那些人說人類什麼什麼的，我也很想打人。」

看著微笑著這麼說的艾德，埃蒙打了一個冷顫，突然覺得自己認識到艾德不得了的一面。

爲免埃蒙傻乎乎地套用他的方法，艾德隨即又告誡：「不過人類與獸族的情況不同，以獸族的強悍及血性，應該不會因爲身分與地位而打不還手。你別全學我的方法喔！」

埃蒙還陷入在小艾德將人打得流鼻血的衝擊中未恢復過來，聞言愣愣地反問：「呃……那我該怎麼辦？」

艾德以理所當然的語氣回答：「誰欺負得你最厲害，你直接與對方開打好了，我記得獸族很流行以決鬥解決問題？」

埃蒙頓時沒了自信地道：「可、可是我的獸體是猞猁，對方卻是老虎，我不可能贏啊！」

艾德剛剛的話卻不是開玩笑的，他認眞地道：「獸體又不代表什麼，埃蒙，你的身手很不錯，又有當冒險者的閱歷，亦經歷過對抗魔族的實戰，爲什麼只因爲獸體不夠威風凶猛而自卑呢？何況猞猁也是了不起的猛獸，至少你水性很好，不像我是個旱鴨子。」

最後的玩笑令氣氛變得輕鬆起來，艾德隨即又語重心長地道：「即使你輸了也不要緊，我相信你認眞戰鬥的模樣，一定能夠讓其他族人明白你的強悍。埃蒙，逃避不是解決問題的方法，你也不想一直忍氣吞聲下去吧？」

其實艾德還有一點沒有說，要是埃蒙能夠提高聲望，那麼就能更好地幫助貝琳擺脫她不喜歡的婚姻了。

艾德知道埃蒙是個善良又重感情的人，要是他說了這點，無論埃蒙心裡是怎樣想的，也一定會聽從他的建議。只是艾德不想這樣，他希望埃蒙的反抗是爲了自己，而不是別的其他原因。

「這只是我小小的建議，別對此有壓力。反正獸族的領地這麼大，神殿的位置與獸族的首都相距有一段距離，我們明天直接往神殿出發就好了，我取回記憶後便立即離開。應該不會遇上那些你不想見的人，你可以有時間好好想想。」艾德安慰道。

埃蒙點了點頭：「嗯！艾德，謝謝你。」

當貝琳散步回來時，她覺得埃蒙的情緒似乎變好不少。讓艾德單獨留下來陪伴埃蒙果然是正確的，此刻的埃蒙就像個迷路的人找到了方向似地，變得精神了起來。

只是不知道艾德與他談了什麼，埃蒙似乎陷入了其他糾結中？

當大家收拾好東西正要離開沙灘之際，埃蒙看到戴利拿著樹枝在沙灘上寫上自己的名字，頓時玩心大起，也在戴利的名字旁邊寫上了自己的名字。

戴利見狀卻不滿了，在他的強烈要求下，埃蒙只得可憐兮兮地抹去自己的名字，並在上方重寫。而艾德與阿諾德二人則被戴利拉著寫下了名字，一左一右地把戴利的名字夾在中間。

埃蒙抿起了嘴，心想雖然自己與戴利不熟，但也不能這麼欺負人啊！

貝琳與布倫特見狀，便在埃蒙名字的左右兩邊寫上了自己的名字。看到這樣以後，埃蒙頓時又高興了起來。

六個人的名字親親熱熱地挨在一起，隨即大家不約而同地看向丹尼爾。

丹尼爾：「……」

迫於壓力下，站在不遠處的丹尼爾默默在腳邊寫下了名字。他總是很不合群，就連寫下的名字也遠離了聚在一起的六人，顯得特別孤獨。

埃蒙眼珠一轉，便在沙地上畫了一個大大的愛心，把大家的名字連同丹尼爾的圈在了裡面。

看著自己的傑作，埃蒙滿意地嘿嘿一笑。誰知道，接下來丹尼爾便對他道：「明天的訓練加倍。」

「咦？爲什麼呀？」埃蒙慘叫一聲，連忙上前向丹尼爾討價還價。

看著二人的背影，貝琳小聲詢問：「丹尼爾是害羞了吧？」

布倫特用著肯定的語氣說道：「他絕對是害羞了。」

第二天一早，眾人便要離開這座海邊城鎮。

戴利把某樣東西交到艾德手中，神神祕祕地道：「送給你，這是海盜藏起來的寶藏喔！」

艾德垂首一看，戴利送給他的小禮物，是一枚形狀不規則的金色珍珠。這枚珍珠有著五個圓潤的小角，看起來就像顆金色的星星似的，倒是滿可愛的。

戴利有些害羞，小聲向艾德道：「艾德，謝謝你在海妖襲擊的時候保護了我！」

眾人與戴利及阿諾德道別後，便往光明神殿的方向前進。然而他們還沒走遠，便有一隊人馬阻攔在他們面前。

爲首的人與貝琳差不多年紀，是個有著深邃輪廓的小帥哥。這青年年紀輕輕卻有著一身亮眼的肌肉，雖然不及布倫特高大，然而對方年紀還輕，還沒到肉體發展的全盛時期，可以預想再過幾年，對方的氣勢會更加驚人。

「唐納安!?」

聽到埃蒙的驚呼，艾德好奇地詢問：「這人是誰？」

埃蒙小聲地回答：「就是那個你叫我打得他流鼻血的人。」

艾德：「？」

過了好一會，艾德才反應過來。

喔！就是那個在獸族裡欺負埃蒙最厲害的人啊！

看二人明明年紀相差不大，體型卻差距甚遠。雖然艾德從不喜以貌取人，但也有些明白爲什麼唐納安看不慣埃蒙了。

頓了頓，埃蒙又說出了對方另一個驚人的身分：「還有，唐納安就是貝琳的未婚夫。」

艾德：「！！！」

不知道是否聽到了埃蒙說的話，唐納安往埃蒙方向看了一眼。

面對唐納安銳利的注視，埃蒙下意識往後一縮，恨不得自己能夠原地消失。

昨天閒聊時，艾德還說這次回到獸族也不一定會遇到那些他討厭的人。想不到才過了一個晚上，埃蒙最不想看到的人便找來了！

相較於一見到唐納安便慫了的埃蒙，貝琳身為對方正在逃婚的未婚妻，卻反而顯得理直氣壯，畢竟貝琳從不覺得自己逃離父母包辦的婚姻有什麼錯：「唐納安，你攔著我們要幹什麼？」

唐納安對貝琳沒有絲毫溫情，既不為對方的出走生氣，也不因她是自己的未婚妻而另眼相看，只公事公辦地說道：「獸王陛下讓我護送你們到首都。」

離家出走的貝琳與埃蒙知道護送是假的，監視才是眞的。

要是他們不肯回去，只怕唐納安這伙人便要出手把他們押回去了！

氣氛因為唐納安的這番話而變得緊張起來，良久，由布倫特這個隊長出面，上

前表態：「我明白了，沒有主動晉見是我們的失禮，我們會去首都拜訪獸王陛下。」

布倫特發話了，確定冒險者們會往獸族首都走一趟。

艾德看到整個人蔫了的埃蒙，深深嘆了口氣。

他也只能在心裡祝獸族姊弟好運了。

《光之祭司 03 海上歷險》完

✧ 後記

大家好！

寫這篇後記時，正值氣溫只有6度的深夜。最近眞的超冷呀！感覺手指都要凍得沒有知覺了。

提醒一下大家，後記的內容會有劇透喔！如不想劇透的話請先看內文。

寫這一集的時候，快要凍傻的我眞的很羨慕艾德他們啊！

藍天白雲，陽光與海灘，故事中滿滿的夏日氣息實在太讓人嫉妒了，我也很想去海邊玩呢！

其中一幕與蟑螂有關的情節，靈感其實來自於我的生活。

由於妹妹的蟑螂（守宮的飼料）養太多了，便分了我一些給糖糖當零食。

看著糖糖睜著萌萌的大眼睛，吃得滿嘴都是蟑螂汁液時，我感覺到深深的震撼。然後便生出了要把蟑螂寫進小說裡的心思，不知怎地，突然好想給蟑螂一個出場的機會呀！

另外値得一提的是，由於我沒有養貓，不清楚貓咪在看到感興趣的獵物時，瞳孔到底是擴張還是收縮。

於是有就這問題在臉書專頁詢問大家，想不到獲得大家熱心的回答，非常感謝大家的回覆呢！

最近香港這邊疫情非常嚴峻，我又開始了足不出戶的日子……

加上天氣很冷，便沒有帶小狗與鸚鵡外出散步，眞的變成宅女了！

幸好現在科技先進，可以輕易在網絡與其他朋友見面，至少能夠驅散一些在家抗疫的孤獨與無力感。

因爲疫情的關係，學校要不停課，要不便是讓孩子在家學習。住在我家樓上的兩個孩子，這一年便長期留在家裡。

於是每天都從樓上傳來跑來跑去的奔跑聲，感覺房子都要跟著震動了。還有各

種踢足球、彈鋼琴（我聽了足有一星期的結婚進行曲，要被洗腦啦XD）、丟東西，以及哭鬧尖叫等聲音……

完全無法靜下心來工作啊！

爲了避開孩子們的活動時間，這一年我過著幾乎日夜顛倒的生活。然而這幾天的深夜時分眞的非常非常寒冷，我便傻傻地喝熱水取暖。

結果前兩天不小心熱水喝太多，便反胃想吐，不舒服了一整晚……

在此告誡各位喝熱水取暖要適可而止，別像我這樣過猶不及，喝水喝得反胃啊！

新的一年，希望疫情快些結束，大家都能健健康康的。

還有，祝願樓上的孩子們能夠盡快恢復正常的校園生活吧！XD

香草

光之祭司
Priest of Light

【下集預告】

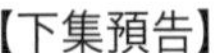

傳說，人類打開了魔界之門，
不僅召喚出恐怖魔物、得罪所有種族，更滅亡了自己，
這片魔法大陸上，從此一人不剩……

爲了幫助貝琳擺脫討厭的婚約，
埃蒙以此作爲賭約，向唐納安提出挑戰。
猹猁能否戰勝猛虎，爲貝琳贏得自由？

艾德恢復部分記憶，當年的戰場中，出現了倒戈的身影。
那人是誰？他又在人類的滅亡中扮演了怎樣的角色？

老好人的　痞氣的　很不獸族的　溫柔又矜持的
龍族隊長＋精靈弓箭手＋獸族殺手＋人族「全民公敵」
魔法大陸的問題，可不僅僅只有魔物啊！

VOL.4.〈以愛為名的勇氣〉
～2021年春末，敬請期待～

國家圖書館出版品預行編目資料

光之祭司 / 香草 著.
——初版. ——台北市：魔豆文化出版：蓋亞文化發行，2021.01
冊； 公分.（Fresh；FS183）
ISBN 978-986-98651-7-3（第三冊：平裝）
857.7 109020680

FS183

光之祭司 3

作　　者　香草
插　　畫　阿蟬
封面設計　克里斯
主　　編　黃致雲
總 編 輯　沈育如
發 行 人　陳常智
出 版 社　魔豆文化有限公司
發　　行　蓋亞文化有限公司
地址：台北市103承德路二段75巷35號1樓
電話：02-2558-5438　傳真：02-2558-5439
電子信箱：gaea@gaeabooks.com.tw
投稿信箱：editor@gaeabooks.com.tw
郵撥帳號 19769541　戶名：蓋亞文化有限公司
法律顧問　宇達經貿法律事務所
總 經 銷　聯合發行股份有限公司
地址：新北市新店區寶橋路二三五巷六弄六號二樓
電話：02-2917-8022　傳真：02-2915-6275
港澳地區　一代匯集
地址：九龍旺角塘尾道64號龍駒企業大廈10樓B&D室
電話：+852-2783-8102　傳真：+852-2396-0050
初版二刷　2021年3月
定　　價　新台幣 199 元
Published and printed in Taiwan

ISBN 978-986-98651-7-3

FS183

光之祭司 3

魔豆文化　讀者迴響

感謝您在茫茫書海中選擇了魔豆，您的支持是我們最大的動力。
不要缺席喔，讓我們一起乘著夢想的羽翼，穿越時空遨遊天地！

姓名：　　　　性別：□男□女　　出生日期：　年　月　日
聯絡電話：　　　　手機：
學歷：□小學□國中□高中□大學□研究所　　職業：
E-mail：　　　　（請正確填寫）
通訊地址：□□□
本書購自：　　縣市　　書店
何處得知本書消息：□逛書店□親友推薦□DM廣告□網路□雜誌報導
是否購買過魔豆其他書籍：□是，書名：　　□否，首次購買
購買本書的動機是：□封面很吸引人□書名取得很讚□喜歡作者□價格便宜□其他
是否參加過魔豆所舉辦的活動： □有，參加過　　場　　□無，因爲
喜歡出版社製作什麼樣的贈品： □書卡□文具用品□衣服□作者簽名□海報□無所謂□其他：
您對本書的意見： ◎內容／□滿意□尚可□待改進　◎編輯／□滿意□尚可□待改進 ◎封面設計／□滿意□尚可□待改進　◎定價／□滿意□尚可□待改進
推薦好友，讓他們一起分享出版訊息，享有購書優惠 1.姓名：　　e-mail： 2.姓名：　　e-mail：
其他建議：

◎請沿虛線剪開、對摺、裝訂後寄出

◎請沿虛線剪開、對摺、裝訂後寄出

廣告回信 郵資免付
台北郵局登記證
台北廣字第00675號

TO：魔豆文化有限公司　收

103 台北市承德路二段75巷35號1樓

魔豆

魔豆

魔豆

魔豆